U0030768

召喚師的馴獸日常
05
龍生龍鳳生鳳，
後宮王的兒子開後宮
草草泥—著
喵四郎—繪

序章

很久很久以前，有個名爲貝卡的國家。貝卡王族的先祖創造了契文，令在與幻獸之間漫長的戰爭中落於下風的人類取得逆轉的機會，整個人間界爲之歡騰，幻獸界甚至差點落入人類手中。爲了保住自己的家園，幻獸們只得簽下不平等的協議，讓人類在每一隻幻獸與其後代身上留下烙印，世世代代淪爲人類的奴僕。

在那之後，人類的全盛時期來臨，由於掌控了幻獸的力量，人類勢力達到前所未有的巔峰，其中最強盛的國家即是貝卡帝國。這裡是契文的發源地，擁有以強悍破壞力著稱的龍族召喚師家族，與以各式棘手能力聞名，在夜晚最爲強大的魔族召喚師家族。

隨著時光流逝，子孫繁多的龍族召喚師家族在精英教育的方針下，越來越茁壯，聲勢甚至一度超越貝卡王族；但可憐的魔族召喚師一族，卻因爲魔王臨死前的詛咒以及殘酷的魔王召喚代價，導致家族人數越來越少。

如今人人都知道，普遍被稱爲勇者一族的魔族召喚師家族僅剩一人，而在這個過於安逸的時代，已經沒人在乎勇者能有什麼作爲。勇者不再背負人們的期望，對於勇者一族的衰落，恐怕不會有多少人感到悲傷。

諷刺的是，唯一惦記著勇者之名，將他們當成救星的，竟只剩下勇者當年的敵人——幻獸界的深淵魔族。

所以，當第二位勇者回歸時，所有深淵居民皆歡欣鼓舞，遠比貝卡的人民要激動許多。他們高興地呼喊著席爾尼斯一族之名，眼中重新燃起了希望，許多幻獸述說起過往那些勇者的故事，曾被勇者召喚過的幻獸聽了，都流露出懷念的神情，未被召喚過的幻獸們則無不滿臉嚮往。

是的，魔族正是如此渴望被勇者一族召喚，因爲在這個召喚囚籠裡，只有席爾尼斯家理解他們的痛苦，願意將他們短暫地從囚禁中釋放。毫無疑問，勇者存在的意義在魔族心中依舊不變。

「原本的勇者回來了，不僅如此，還帶來一個新人！」

「我們有兩個召喚師了啊！」

「新的那個就是魔王召喚師對吧？乾脆把他接過來吧，待在人間界的話，人類可能又會拿他當祭品。」

「……」諾爾面無表情，儘管他什麼都不肯說，這群魔族仍是圍著他轉，想從他口中套出更多關於新勇者的情報。

「那個人衰小嗎？」

「是不是一樣很好蹂躪啊？那個召喚師都命令你做啥？我最喜歡當他們家的守

衛了，整晚閒閒沒事幹，還可以嚇嚇路過的人類。」

「……」

「幹麼這麼小氣！給個契文——噢，我是說過門，帶我們過門又不會怎樣。」

一陣黑霧倏地從諾爾身上爆出，眾獸驚呼一聲，待煙霧消散時，諾爾已經消失在原地。

「可惡！又逃走！」

「小氣鬼！艾斯提都很大方地分享他的召喚師！」

諾爾落在不遠處一幢不顯眼的民房屋頂上，回頭望了抱怨他的幻獸們一眼，悄聲無息離開。

自從奈西的眞正身世揭露後，諾爾便成了深淵大紅羊。雖說由於亞空間大盜這個頭銜，他本來就已經是家喻戶曉，但自從大家知道他的召喚師正是僅存的魔王召喚師後，追著他跑的幻獸居然比以前還要多了，原因倒也不是爲了逮住他，而是想要被奈西召喚。

開玩笑，既然無論如何都會被召喚，當然要選好應付一點的召喚師啊——這些魔族的想法，身爲偷懶大師的諾爾怎麼可能不清楚？

可是魔族幻獸數量這麼多，奈西卻只有一個，若把奈西分享出去，豈不是會壓縮到他獨占奈西的時間？他還想繼續享受洗澡梳毛撒嬌餵食的時光，要是分給他們就沒什麼機會這麼做了，更何況，奈西現在才A級。

想到這裡，諾爾發覺應該快到奈西慣常召喚他的時間了。今天奈西將正式搬回席爾尼斯宅邸，為此幾天前就開始打包行李，雖然奈西的個人物品不多，但難處理的是後院中的各式植栽。

地精們堅持所有植物都必須跟著搬移過去，偏偏有些已經種在院裡好幾年了，纖弱的花朵移動起來十分費工夫。不過諾爾很慶幸他可以避開這件麻煩事，因為地精們怕他這隻吃草山羊會偷偷把花給吃了，堅持要他閃遠一點。

此時，像是在回應他的思緒一般，諾爾的頭頂浮現一座召喚陣。嗅到透過召喚陣飄來的淡淡花草清香，諾爾便知道這次的召喚師是誰了，他已經熟悉到能夠聞出奈西家的氣味。

穿越召喚陣後，比羊還溫馴的少年召喚師就站在他面前。少年有一頭漂亮的金髮、蔚藍的雙眸，面帶柔和的笑容，任誰也想不到，這名乖巧的少年正是之前差點掀了宮廷的魔王召喚師。

「今天要搬家喔，諾爾。有件事只有你能做，可以幫我嗎？」奈西期盼地盯著他，諾爾歪了歪頭，很快看到少年身後的東西。

那裡有一台在農家常見的拉車，上面只有一小部分物品是奈西的行李，其他空間幾乎都被各式各樣的花花草草占滿。地精們像是焦慮症發作似的，緊張地不斷將盆栽挪來挪去，生怕一個位置不好，等等在運送的過程中摔了。

「羊羊諾爾！」奈西的妖精使魔忽然從一個盆栽後冒了出來，開心地撲向諾爾。

諾爾摸摸伊娃的頭，粉色妖精輕笑幾聲，很自然地坐到他的頭上。

「麻煩你了，諾爾，這台車只有你能拉。」說著，奈西的神情略顯無奈。「交給霍格尼拉的話，一秒就翻車了，讓菲特納來也是。我的魔導書裡最穩定的四足幻獸只有你了。」

諾爾點點頭，聽話地變成一隻大山羊，讓地精們與奈西將拉車的拖繩固定在他身上。

「眞的要離開這裡了。」奈西望著自己住了十八年的家，語氣有些感嘆。雖然這個家留有太多寂寞的回憶，卻也不乏快樂的時光，說不感傷肯定是假的。

但無論如何，他都不會對自己的決定感到後悔。從今天開始，他要告別原本單純的生活，正式成爲席爾尼斯家的一員。

他是最後的勇者，亦是唯一的魔王召喚師。不管這個身分有多麼沉重，他都會勇敢面對。

「咦？弟弟你要搬家了呀。」一個驚訝的聲音從旁邊傳來，奈西聞聲看去，立刻認出那位提著菜籃的婦人，是住在附近的鄰居。

「對呀，這些日子以來多謝您的照顧，我要搬回去跟家人住了。」提到家人，奈西的臉上不禁綻開一抹燦爛的笑容。

「這樣啊，那眞是太好了，我本來還擔心孩子你是孤身一人呢，原來有家人在。」婦人欣慰地點點頭。「那你要搬到哪裡去呀？還在讀書對吧，應該不會離開王城？」

「我要搬到瑞爾德區。」奈西乖巧地回答。占地廣闊的王城劃分爲數個區域，席爾尼斯宅邸坐落在王城的正西側，即瑞爾德區。

「瑞爾德區？」婦人驚呼一聲，眼睛頓時瞪得老大。「那裡不是勇者家在的地方嗎？」

正當奈西以爲自己的身分被認出，思考著該怎麼回應時，婦人握住了他的手。

「孩子啊，你可千萬別搬到瑞爾德區！」

「爲什麼？」奈西呆住了。

「唉，眞是的，你的家人哪裡不住，偏偏住瑞爾德區，勇者家可是被詛咒的一族啊。」婦人深深嘆了口氣，發揮長舌婦的本領滔滔不絕起來：「你應該知道千年前的勇者在魔王身上烙下契文，因此被魔王詛咒的事吧？從此之後，勇者家族一直被詛咒的陰影所籠罩，還成爲召喚那群見不得光的魔族的專家，每次經過勇者家都能看見不少妖魔鬼怪的蹤影。」

奈西尷尬地看著她，諾爾則老神在在嚼著伊娃餵食的乾草。

婦人的臉湊近奈西，像是怕隔牆有耳一般，一隻手遮在嘴邊，目光飄向根本不存在第三者的街道。「聽住在那附近的人說，晚上常常聽到兩名巨大骷髏駭人的咆哮與低吼，有時甚至可以看見整座宅邸的影子在晃動。除此之外，還三不五時會撞見一名骷髏駕著幽靈馬車在路上行駛的場景，太可怕了。」

「……」

「有一次我的姪子與同學相約去那棟宅邸試膽，結果你猜怎麼樣？整座建築不僅和傳聞中一樣陰森又死氣沉沉，裡面居然還掛了一堆恐怖的畫作，還有幾座猙獰的惡魔石像！走在長廊上不時有陰風吹過，不知從哪傳來的尖笑聲如影隨形……我的天啊，那是人住的地方嗎？」婦人說得繪聲繪影，彷彿曾身歷其境。

「我、我覺得……沒那麼誇張……」奈西艱難地擠出辯駁。

婦人搖了搖頭，一臉「你什麼都不懂」的表情。「我姪子也跟你一樣不信邪，還不知死活地朝笑聲的來源走去，結果看到了一扇門。他們聽見那個聲音興奮無比地大吼一句『下一個目標就是學校！』頓時全都嚇得魂飛魄散，這才意識到事情的嚴重性，想逃離宅邸，然而爲時已晚。一轉身，剛才那些猙獰的石像就站在他們正後方！同一時間，那扇門竟緩緩打開了，整條長廊的陰影隨即像是被風吹過的燭火般不斷搖曳！」

「呃，後來呢？」

「後來……唉。」像是很惋惜似的，婦人大嘆一口氣。「一群孩子被這場面嚇得暈過去，等醒來後已經置身宅邸外了。」

婦人沒注意到奈西窘迫無比的模樣，逕自說下去：「多虧席爾尼斯宅邸的各種詭異傳聞，那一區的地價大幅下跌，住在那裡的人不是不怕妖魔鬼怪，就是沒錢只能遷就。」

「……」

「孩子啊，我看你還年輕，又是菁英學院的學生，有著大好前途，以後畢業存夠了錢，就趕緊帶著家人搬走吧，亂可怕一把的，那裡是魔鬼之區啊。席爾尼斯家不像芬里爾家一樣可以好好控制自己的幻獸，千年以來發生過太多魔族隨意騷擾人的事件了。」

「……」奈西本以爲只有自己一個人不太會控管幻獸，原來根本是遺傳。

「我看你的幻獸都是山羊啊妖精啊這類無害的生物，搬到那裡去千萬要謹慎一些，別讓可惡的魔族把你家幻獸吃了。」

聞言，諾爾與伊娃同時望向婦人，一個淡定嚼草一個露出甜笑。

「我想應該不會發生這種事。」奈西無奈地說。

似乎覺得奈西一踏入瑞爾德區就會被魔族吃掉，直到奈西與她告別並啟程，婦人仍在背後喊著，不死心地叮嚀。

「千萬要小心啊！尤其最近聽說本已絕後的魔王召喚師又出現了，一定要離他們家遠一點！」

「……」

在婦人的聲音終於消失後，奈西不禁苦惱起來。他擁有席爾尼斯家最常見的特徵——金髮藍眼，也有出色的召喚能力，怎麼看都是席爾尼斯家出產的對吧？

既然魔王召喚師現蹤是近期的事，他也表明要搬到瑞爾德區了，爲何婦人依舊沒聯想到他就是魔王召喚師呢？

「我看起來不像魔王召喚師嗎？」他困擾地詢問身旁的兩名幻獸。

「你像綿羊。」諾爾毫不猶豫地回答。

「奈西西像花。」伊娃坐在諾爾頭上，天眞爛漫地說。

「……」

奈西放棄從自家幻獸口中得到像樣的答案，帶著認命的心情來到傳說中的瑞爾德區。果眞如婦人所說，這裡已經徹底被席爾尼斯家所同化。

明明是大白天，街上卻安靜無聲，家家戶戶緊閉門窗，空蕩的街道上只有零星行人匆匆經過，越是接近席爾尼斯家，景色便越是荒蕪。

「這是怎麼回事啊……也太荒涼了吧……」奈西愣愣地走在諾爾旁邊，忍不住開口。

這裡跟位於王城正東側的芬里爾本家相比，簡直是天壤之別，芬里爾家所在的薩羅沙區路上人來人往，居民不是富人就是菁英分子，不僅治安良好，街道也整潔明亮，與瑞爾德區完全相反。

不過這地方對諾爾來說倒是挺舒適的，他用蹄子刨挖了下地面，長吁一口氣，看起來很愜意。

自從成爲魔族後，陰暗的地方反而讓他感到自在，雖然依然喜愛綠草藍天，但與深淵類似的地方他也一點都不討厭。

奈西看出諾爾的放鬆，摸摸他的羊臉，目光打量著四周：「這裡成爲適合魔族居住的地方了呢。」

「少年啊，別再走下去了，前方就是席爾尼斯宅邸，會有危險的。」一名經過的路人叫住奈西，臉上的表情顯得有些驚恐。

奈西沉默了一下，最後還是禮貌地回應：「席爾尼斯宅邸很安全的，只是裡面魔族多了點而已。」

然而這名路人也露出「你不懂」的表情，讓奈西十分崩潰。「你應該聽說過之前宮廷有一場大騷動吧？魔王召喚師現世了啊！這次一現身就讓整個宮廷陷入恐慌，最恐怖的是，在那麼多菁英召喚師的包圍下，居然沒人抓得到他！這等危險人物聽說目前就住在席爾尼斯宅邸！」

「就是說啊！」另一名路人湊過來附和。「那個家族長年處於詛咒的陰影下，裡面住著一個被厄運纏身的勇者便罷了，現在又多一個，而且還是能召喚魔王的！早就沒人住在他們家隔壁了，膽子再大也都搬走了。」

奈西再也忍不住了，他決定跟對方講講道理，反正事到如今已經沒什麼好隱瞞的。「眞的沒這麼誇張，這點我很清楚，因爲我正是魔王召喚師。」

此話一出，兩位路人瞬間石化在原地，他們呆呆地看了奈西好一會，而後大笑起來。

「哈哈哈！少年啊，按照你的說法，那全城金髮藍眼的召喚師都是勇者啦！」

「這笑話可不能亂講，小心被抓走啊！」

望著笑到彎下腰的兩人，奈西眞的欲哭無淚了。「我眞的是啊……」

「傳說中的最後勇者可是含著金湯匙出生的人物，人家有一棟豪宅可以住，被王族捧在手掌心，怎麼可能牽著一隻山羊拉著一台載滿花草與地精的拉車？你說你是賣花的我還比較相信！」

「……」

兩個路人哄笑著離開，奈西垮下肩膀，跟烏德克一樣渾身充滿憂鬱氣息。

「不要難過。」諾爾蹭了蹭他。「人類不認得你，我們認得你。你在深淵，是大紅人。因爲你很無害，大家都想，被你召喚。」

「……」奈西覺得一點也沒有被安慰到。他忽然可以理解烏德克爲何常常神情憂鬱了，這眞是個令人抑鬱的身分。

當他們踏進席爾尼斯宅邸所在的街道時，發現果眞如路人所說，街上空無一人，附近所有建築的窗戶及大門統統封死，儼然成了一座死城。然而在這種環境中，仍有一個傢伙站在勇者宅邸的前院大門前，自得其樂哼著歌，以抹布擦拭門把。

「咦？你們來了啊！」與這座死城十分相襯的骷髏艾斯提轉過身，欣喜地張開雙臂迎接他們。此刻的他穿著一件圍裙，手裡拿著抹布，居家化得十分徹底。而不只是他，還有好幾名骷髏也在前院擦欄杆、掃落葉。

艾斯提一個示意，其中兩名骷髏立刻過來，一左一右拉開前院大門。

「歡迎回家，請進吧。」艾斯提站在門旁，朝奈西微微傾身行禮。

這般正式的迎接讓奈西受寵若驚，也讓他有種正式回歸的感覺，他露出笑容，點點頭帶著諾爾等一干幻獸踏入。

艾斯提嘆了口氣。「抱歉啊，我們還沒清掃完。本來想在你搬回來之前整理完畢，讓你有個好印象的，可惜這個家眞的太久沒有好好掃除一番了。」

說到這裡，艾斯提顯得忿忿不平，開始抱怨起來：「烏德克這傢伙因爲只剩自己一個人住，所以也不請傭人，只是定期召喚一些魔族幫忙打掃他會用到的區域，其他一概不管！我念過很多次，他都把我的話當耳邊風，連定期大掃除也不願意！現在好了吧，姪子要回來住，只能給人家一個布滿灰塵的家。」

「呃……沒關係啦，不用特別爲我打掃。」奈西尷尬地試圖緩頰。

「不行，趁著這次機會，我一定要徹底打掃，連魔王城都比這個家乾淨！」說完，艾斯提又馬不停蹄地分派工作給其他骷髏，在有實無名的骷髏BOSS命令下，沒有任何骷髏敢怠慢。

「原來使魔還要負責充當管家呀。」伊娃一臉崇拜，顯然完全把艾斯提當成使魔典範。

「只有他。」諾爾秒回。

奈西環顧四周，這裡被叫做鬼屋當之無愧，寬廣的前院寸草不生，整座宅邸毫無生氣，若不是確定烏德克住在這，他眞的難以想像此處是個有活人居住的地方。

想到烏德克獨守這座宅邸十幾年，奈西的心便彷彿被揪住一般，下意識加快了腳步。

他讓諾爾將拉車停放在院子裡，並請地精去尋找最適合種花的地點後，帶著諾爾和伊娃來到宅邸大門前。

吞了口口水，奈西有些緊張地握上門把，推門的動作顯得生澀而小心，就好像偷偷闖入的孩子。他探頭進去，很快見到一道黑色的身影站在階梯上，正交代骷髏們今日的召喚任務。

清新宜人的微風與溫暖的陽光從門縫溜進室內，受詛咒與不幸陰影所擾的勇者緩緩回過頭，看見那名與自己一樣擁有一頭金髮的少年沐浴在光芒下。

烏德克的臉上不禁泛起微笑。

明明一直以來將奈西推得遠遠的，只爲了讓這個孩子過上幸福平凡的人生，如今十八年來的用心全都白費，烏德克卻有種得到救贖的感覺。

見到這個笑容，奈西也鬆開眉頭，身子不再那麼僵硬。他燦爛地笑了，以最眞誠的聲音喊道：「我回來了。」

第一章

奈西和烏德克漫步於長廊上，整條走廊冷冷清清，窗戶覆滿灰塵，放眼望去許多地方也都蒙了一層灰，使陽光黯淡了幾分，但兩人仍是感到十分舒適自在。

他們之間不再有任何祕密，不管未來可能有多艱苦，他們都決心一起攜手度過難關。這樣的氛圍讓奈西感到相當安心及放鬆。

「餐廳、廚房、澡堂都帶你見過了，會不會累？畢竟從那麼遠的地方過來……要先休息一下嗎？」烏德克的柔聲關懷讓奈西揚起笑意。

他搖了搖頭。「我沒問題的，有諾爾他們協助。」

烏德克笑了笑，寵溺地摸摸他的頭。

「那麼去看看你想睡哪個房間吧。這個家有很多空臥房，如今也只有我們兩人住，所以不要客氣，喜歡哪間都可以選。」

這番話讓奈西陷入了思考。這座古老的豪宅太過寬敞，幾十間臥房分別位在宅邸的各個角落，讓他一時不知如何選起。

不過若要說有什麼選房間的首要條件，倒是想得到一個。

「烏德克在哪個房間呢？」

「我？」烏德克愣了愣，一時無法理解奈西爲何這麼問。

奈西有些緊張地拉住烏德克的袖口，有如犯了錯想乞求原諒的孩子，小心翼翼開口：「我可以選你附近的房間嗎……」

這個家太大，大到令他害怕好不容易找回家人了，卻仍像是一個人住。

這副惹人憐愛的模樣差點讓烏德克說出「跟我共用一間也沒關係」這句話，但想到兩個人一起睡說不定會一起衰到無法好眠，他還是將話吞回了肚裡。

烏德克放緩神色，握住那纖細的手。「當然可以，走吧，帶你去看。」

少年露出足以讓任何人融化的眞誠笑顏，點了點頭。

另一方面，諾爾與伊娃在烏德克帶領奈西熟悉宅邸的過程中，自行脫隊，以自己的步調探索起大宅。一羊一蝶對牆上的畫作十分感興趣，幾乎每一幅畫所繪的都是深淵的景色，甚至還有傳說中的魔王城。

「是艾斯提！」伊娃興奮地指向其中一幅畫像，上面的艾斯提英姿煥發地駕著幽靈馬車，既帥氣又威風。

她坐在諾爾肩上，拉了拉他的白圍巾，聲音難掩期待：「羊羊諾爾以後也會出現在畫裡嗎？」

「可能。」如果眞有這一天，那他一定會逼迫畫家把他畫得無害一點，省得後代子孫見他一副很強的樣子便想召喚。

不過話說回來，如今勇者的人數過於稀少，能不能有後代都還難說。

這時，一陣咒罵聲從窗外傳來，引起了諾爾的注意。只見地精們站在荒蕪的院子裡，不斷抱怨席爾尼斯宅邸的主人都不好好維護庭院。

「這什麼爛地方！」一名地精氣呼呼地用鏟子戳了戳地面，無奈因長年缺水，土壤早就變得堅硬無比。

「沒救了，眞的沒救了！」另一名地精用灑水壺澆水潤了潤土壤，卻仍不見起色，頓時氣急敗壞。

伊娃低呼一聲，突然飛出窗外，變成了人類大小。她落在地精們旁邊，伸手摸摸地面，作爲對自然環境十分敏感的種族，她立刻提出解決之道：「想重新喚醒生機，需要伊娃的同類呢。」

諾爾也跳到窗外，他望了望這座死寂的院子，心想這下奈西有得忙了。

「諾爾！終於找到你了。」一個欣喜的聲音在後方響起，諾爾回頭一看，是依舊身穿圍裙的艾斯提，手上的工具換成了掃把。

「剛剛忘記給你這個。」艾斯提從懷中掏出一封蓋有印鑑的信，交給諾爾。

「這是？」諾爾一看到這煞有其事的東西就下意識排斥，他不知道裡面寫了些什麼，但肯定是個麻煩。

「是魔王城的召集令。你身爲魔王召喚師的幻獸這件事已經傳到魔王城那裡，他們要爲你開個說明會。」

「……」

現在是怎樣，自家小孩上了勇者學校，所以要開家長說明會嗎？

見諾爾滿臉嫌棄，艾斯提拍了拍他的肩膀。「你是與魔王召喚師最爲親近的魔族，有很多需要注意的地方，這個身分並不簡單，也有應盡的義務。因爲你最接近勇者，所以必須了解我們魔族的故事，將這份意志傳承下去。」

諾爾疑惑地看著艾斯提，完全不明白這到底是在說什麼。

艾斯提笑了笑。「總之，去就對了。如果你不知道怎麼去，就由我送你吧。」

諾爾皺起眉頭，表情略顯戒備。「很遠嗎？」

艾斯提立刻明白他的心思，無語了一會兒後，無奈地開口：「不收費啦，都自家人了收什麼錢。」

「走。」諾爾秒回。

「……」

「你要去見魔王？」

在前往魔王城之前，諾爾將此事告訴了自己唯一的召喚師。果不其然，得知這個消息，奈西頓時緊張起來。「沒問題嗎？你知道魔王是怎樣的幻獸嗎？」

諾爾搖搖頭。

想到自家幻獸要去見這等大人物，奈西便忍不住擔憂。縱使如今魔族跟勇者一族相處和睦，但如果對象是魔王，他就無法肯定不會有風險了。

魔王正是對他們家族施加詛咒的幻獸。若不是懷有深刻恨意，怎麼會祭出這般惡毒的詛咒？

察覺奈西的憂慮，諾爾摸摸他的頭，出言安撫：「詛咒你們的魔王，已經死了。現在，是第三任。」

聞言，奈西的眉頭稍稍舒展開來，整個人放鬆許多，然而仍是略感不安。

「其實我不太明白，爲何我們家族跟魔族會如此友好？」他猶豫地說。「同樣共處千年，龍族對芬里爾家的態度依舊不冷不熱，大多數的龍族並不在乎被誰召喚，甚至還有痛恨芬里爾家的。而魔族卻是眞心喜歡我們，即使沒有契文，你們也願意與我們站在同一陣線。可是我們明明對魔族做了那麼過分的事……不但殺死你們的王，還在所有魔族幻獸身上刻下契文。這一切眞的能被輕易原諒嗎？」

這也是奈西對魔王的立場抱有懷疑的主因，身爲一族之王，魔王理應最爲感到痛苦。

諾爾深深看著奈西。

他不曉得該如何表達心中的感受，但這名少年、這個家族的人，大概是唯一會從幻獸的角度去思考的召喚師了。

他很慶幸能遇上奈西。

「你不必想太多。身爲，後代的你，是無罪的。」諾爾露出淡淡的笑，這般溫柔的笑容，他向來只在自己珍惜的對象面前流露。「時間會，沖淡悲傷。也會沖淡，仇恨。生在這個時代的我們，早已放下了當年的，傷痛。縱使我們依然，是你們的奴隸，但——」

他握住那雙無數次召喚他的手，正是因爲這雙手，他才得以來到這個世界，與少年相遇。

「在這個召喚囚籠裡，只要有你，就是天堂。」

諾爾說完後才發現，自家召喚師已經因爲這番直接的告白而滿臉通紅。

奈西本來只是想知道魔族在想些什麼而已，萬萬沒料到會得到殺傷力這麼強大的回應。

但這份告白，也讓他心中的某種決意更加堅定。

這座天堂太過狹窄，容不了太多幻獸，他想多爲他們做些什麼。

幻獸們拯救了他的人生，他也希望有所回報。

「你能代替我去和魔王聊聊嗎？」終於想通的奈西淺淺一笑，柔聲說：「那位王者肯定也有自己的無奈和悲傷。我想知道自己能爲他做什麼。」

諾爾點點頭。「我會替你，釐清一切疑惑。」

他相信奈西的問題能從魔王那裡得到解答。

之後，諾爾與艾斯提一同返回幻獸界，兩人從陰森荒涼的庭院回到了……同樣陰森荒涼的庭院。

「有時候都搞不清楚我到底是在深淵還是人間界了，眞擔心哪天會一不小心把烏德克一起載回幻獸界。」艾斯提嘆了口氣，坐上馬車前座，諾爾則自動自發打開車廂門，準備窩進裡面來個好眠。一睡醒就到魔王城，多麼愜意的事啊。

然而艾斯提一聲驚呼阻止了他的腳步：「怎麼回事？街上怎麼這麼少獸？」

最近忙於打掃宅邸，好一陣子沒回深淵的艾斯提立刻察覺不對勁。這裡是骷髏族的地盤，此刻街上跟勇者家所在的大街一樣，冷冷清清。

平常隨處可見骷髏與骷髏飛人，如今放眼望去卻寥寥可數。

「統統回家！魔王城發布了戒嚴令！所有街道淨空，全都給我待在家裡！」一隻巨大的多角幻獸氣勢逼人地走在路上，不斷以宏亮的聲音喝令，在這名一看就知道不好惹的幻獸面前，市井小民也只能摸摸鼻子聽命行事。

「怎麼回事？」艾斯提的聲音不安起來，他駕著馬車擋住多角幻獸的去路。

「深淵發生什麼事了嗎？怎麼會突然實施戒嚴？」

「這件事屬於高度機密，你們只要乖乖聽話就行了。」多角幻獸冷冷回應。

「快滾，不想死的話就待在家！」

「我必須送魔王城的貴客一程。」艾斯提用眼神示意跑到車棚上看戲的諾爾，諾爾立刻亮出他的家長說明會通知書。

多角幻獸嘖了一聲。「快去快回，現在魔王城可是一級警戒區，像你們這種傳說級以下的幻獸去了會有危險。」

聞言，艾斯提轉向諾爾，嚴肅無比地問：「怎麼辦，諾爾，那裡變成S級副本了。」

「……去。」

「我們去去就回。」艾斯提有些開心地對多角幻獸說完，迅速駕車離去。

由於多角幻獸的警告，諾爾也不好回馬車睡他的大頭覺了，他跟艾斯提一樣坐在前座。

「魔王是怎樣的幻獸？」諾爾一邊環顧四周陰暗蕭條的街道，一邊發問。

「這個嘛……其實我並不清楚。因爲我侍奉的王是獄羅陛下，而我的主人又無權與魔王接觸。」艾斯提一點也不覺得自己的說法很奇怪，理所當然地表示。「我想奈西應該會比較清楚才對？你不妨去問他。」

「啥？」諾爾呆住了，他就是想代奈西了解才問艾斯提的。

「擁有魔王契文的勇者，向來都與魔王關係密切。」

「……」諾爾開始思考事情哪裡出錯了。該不會歷代魔王召喚師與魔王之間有什麼心電感應之類，但奈西沒收到？

在諾爾懷疑魔王是否對他家主人有什麼意見時，他的頭頂浮現一座召喚陣，他馬上面無表情看向艾斯提。

「別看我，我要不要開門過去都是由我自己決定的。」艾斯提說了句令諾爾羨慕嫉妒恨的話，諾爾只得一臉不爽不甘願地站起來，跳進門裡。

自從成爲魔族後，召喚門總是出現個沒完，A級魔族向來是最熱門的召喚選項之一，每次過門往往都有不同的敵人等著他，還有各種突發狀況。

「是巴風特！」當諾爾落到地面時，一名人類驚喜地高呼，讓他徹底無言。此時他身處於昏暗的密室中，四周圍了一圈穿著深色召喚師袍的人，眾人跪了下來，因爲他的出現而興奮不已，並紛紛朝他膜拜。

「居然是巴風特！」

「太好了，召喚之神果然站在我們這邊！」

「讚美傳說中的山羊惡魔！」

諾爾的臉色更臭了，他開口澄清：「我是山羊。」

「我們知道！您就是大名鼎鼎的山羊惡魔巴風特啊！」

「偉大的巴風特，請拯救我們吧！」

「……」諾爾的眼神死了。才來到這裡不滿一分鐘，他就想回去了。

這世上除了奈西以外，到底還有沒有人把他當山羊看待啊？

在遙遠的另一個世界，諾爾的召喚師奈西也還在習慣自己嶄新的身分。奈西趴在窗邊，望著夜空中的明月，陣陣冷風讓他忍不住身子顫了顫。

這時，一棵長滿枝葉的大樹擋在風吹來的方向，令寒意稍減。

奈西綻開笑容，看著這棵長在他的房間窗外，與荒蕪的院子相比顯得十分突兀的蘋果樹，柔聲開口：「新環境怎麼樣？還習慣嗎？」

「我想念舊家的後院。」小蘋果老實地回答。「這地方鳥不生蛋，連棵草都長不好。」

「會改善的，我會讓這裡成爲適合你們居住的地方。」奈西摸摸那粗糙的樹幹安撫，說完忍不住打了個呵欠。

「去睡吧，明天還要上學不是？」

奈西點點頭，搖搖晃晃地爬回床上，望著少年的身影，小蘋果不禁感到欣慰。

當年那個孤單寂寞的孩子，如今不僅找回自己的家人，還成爲人人認可的天才召喚師，他一路守在奈西身旁，自然引以爲傲。

不管是勇者還是魔王召喚師他都無所謂，因爲他知道，奈西就是奈西。

小蘋果貼心地幫奈西關好窗，當回一棵普通的樹，繼續在外面站崗。

然而雖然乖乖躺到床上了，奈西卻怎樣也睡不好。

他選了一間比以前的臥房大上許多，但以這個家的普遍標準來看仍嫌小的房間，太大的房間會讓他沒有安全感。儘管如此，這裡仍與他的舊家差別太大，令他一時無法適應。

宅邸中充滿冷清的氣息，空蕩而毫無生氣。縱使躺在比舊家要高級許多的床鋪上，蓋著比以前要柔軟保暖的被子，奈西依然覺得冷得難以入睡。

他開始懷念起過去的住處，那裡雖然狹小卻生機蓬勃，只要坐在床上打開天窗，便能擁抱茂盛的蘋果樹，轉頭一看，還能在枕邊看見那條綠色毛蟲。

現在伊娃不再和以前一樣黏著他，不過原因並不是由於厭倦了。

他還記得，已經長大的蝴蝶妖精握著他的手，露出眞誠的微笑說：「人家想與奈西西和諾爾一起迎向同樣的未來，所以要努力成爲有用的幻獸才行。伊娃想跟羊諾爾一樣強悍，也想像艾斯提一樣能幹，因此會多花一點時間待在幻獸界學習，伊娃在家鄉的身分能讓伊娃學到很多。爲了不讓悲傷的事再度重演，這一次，伊娃一定會好好加油——」

在那個當下，奈西感動得幾乎要落淚。他所擁有的幻獸們爲了站在他這個魔王召喚師身邊，都盡了許多努力，這也給了他走下去的力量。

只要他的幻獸們一直都在，無論未來如何艱難，他都會努力克服。

奈西知道伊娃正在幻獸界接受類似外交官的訓練，所以也不好爲了睡不著這種雞毛蒜皮的小事打擾她。他思索了一下，緩緩離開床，悄聲無息地打開房門。

漆黑一片的長廊映入眼簾，一陣冷風吹過，讓奈西忍不住縮了縮身子。

他可以理解爲何這裡被稱之爲鬼屋，換作是以前的他，肯定也會被陰森的氛圍嚇得半死，不過如今住進宛如詛咒之家的席爾尼斯宅邸，他卻不覺得害怕。

這個家讓魔族感覺很自在，曾經住在此處的人也都是擁有勇者精神的先祖，縱使外人對這棟宅邸敬謝不敏，但奈西知道，席爾尼斯一族肯定很滿意這個居所。

他走到那扇與他相隔幾個房間的門前，有些緊張地敲了敲門板。

房內寂靜無聲，正當奈西以爲對方已經就寢的時候，裡面傳來沉穩的回應：

「進來吧。」

奈西小心翼翼地探頭進去，這是他第一次見到烏德克的房間。他原本猜想整體風格應該會跟烏德克的個性一樣低調，然而他錯了。

他呆呆看著烏德克的臥房，房內裝潢典雅，瀰漫著一股淡淡的芳香，不過有個令人難以忽視的部分，那就是房間的坪數。

房間的面積是奈西臥房的好幾倍大，大到足以當成客廳的程度，寬敞的長方形空間裡有張大床，大床的正前方空曠得有些詭異，而烏德克就坐在床上。見到奈西呆滯的表情，烏德克咳了一聲，故作冷靜地解釋：「我的房間必須能夠塞下一輛馬車，以備不時之需。」

「……」

搞了半天，這麼大的臥房只是爲了拿來停馬車。

難得有個舒適的房間，卻倒楣到無法安穩入睡，最後只能睡馬車上，奈西不禁爲烏德克感到悲哀。想到對方會有如此衰運都是因爲自己，他又更加難過。

「發生什麼事了嗎？」不等他開口，烏德克便問。

奈西搖搖頭，依舊站在臥房門口，只探進半個身子，樣子像極了怕生的小動物。

「你、你在忙嗎？」他怯生生地說。

被奈西這副可愛的模樣逗笑，烏德克搖搖頭。這孩子跟不知好歹的魔族比起來簡直是天使，那些毫無規矩的幻獸從不在意會不會打擾到他，總是想進來就進來。

「我正準備睡，怎麼了嗎？不需要不好意思，有什麼想說的就說吧，我們之間不是那種陌生的關係。」

這番話讓奈西稍微放下心，鼓起勇氣詢問：「我可以跟你一起睡嗎？」

「什麼？」

烏德克一瞬間以爲自己聽錯了，但隨即注意到奈西因爲他的遲疑而退卻，於是連忙補上一句：「當然可以，進來吧。」

奈西停下動作，在確定烏德克是眞的不介意後，才露出放心的笑容，踏了進去。

「不過跟我睡的話，要有可能面臨突發意外的心理準備，沒問題嗎？」

烏德克嚴肅地問，聞言，奈西無語了。他仔細打量了一下這個房間，發現每件家具都被牢牢固定住，雜物也幾乎被淨空，想必這些年來肯定發生過很多次事故。

「好好躺在床上也會遭遇意外嗎？」

烏德克嘆了口氣。

「常有不怕死的小偷或想試膽的幼稚傢伙來干擾睡眠，以前附近居民尚多時，失控的幻獸也往往會跑到這裡。」

「……」

「更別提睡前要那些魔族看家，最後卻總是捅出一堆簍子。他們喜歡嚇唬路過的民眾，爲此我已經多次受到王城守備隊的警告。」

「……」

烏德克朝奈西招了招手。「下次我會爲你介紹席爾尼斯家專屬的魔族守衛，你也可以想想手頭上有那些幻獸適合守夜。」

奈西爬上床，開始思索目前魔導書裡有哪些幻獸能夠勝任。諾爾性情溫馴（奈西認爲）但是個偷懶專家，霍格尼倒挺合適，不過他很怕那條紅龍會乾脆把入侵者吃掉。至於伊娃，讓嬌弱的女孩子獨自守夜這種事他絕對不會考慮，太危險了。

見奈西露出煩惱的神情，烏德克便知道少年也遇到同樣的難題。這似乎也是席爾尼斯家的詛咒，他們就是無法擁有不會惹事的幻獸，連艾斯提都常有出人意表的行徑。例如有次半夜抓到小偷，艾斯提居然拖去讓兩名骷髏王輪流恐嚇，把人弄到留下心理創傷。

「來日方長，你可以慢慢考慮。」烏德克伸手撫了撫奈西的金髮，奈西眼睛微微一瞇，露出傻呼呼的笑容。

他從未想過會有這一天，他待在自己眞正的家，身邊是與他相依爲命的叔叔。縱使明白取回這樣的生活需要代價，但他不後悔。

「謝謝你答應我這個任性的要求。我知道自己長大了，不、不該這麼撒嬌……可是，一次也好……我想在這樣的環境下入睡。」

「只要你願意，多少次都可以，只要不嫌棄也許睡到一半會被壞事打擾。」凝視著奈西安心的笑容，烏德克忽然有種鼻酸的感覺。

這孩子是多麼地需要鼓勵，面對任何事都顯得小心翼翼，個性也十分敏感纖細。這樣的孩子，肯定是歷經艱辛、跨越重重難關後，才得以站在他面前，接受自己原本該背負的人生。

這十幾年來，他只在暗地裡以金錢援助，其他一概不干涉。直到奈西上了學，正式與他接觸後，他才真正開始了解這名少年。

對於他十六年來的不聞不問，奈西一句怨言也沒有，這般純粹幸福的笑容令他十分悲傷，卻也因此得到救贖。

太多的錯誤與無奈充斥在他的人生裡，他已經不想再去追究。只要這抹笑容不會消失，一切就值得了。

「你可以跟我說說爸爸的事嗎？」躺在床上，奈西望著與自己鑽進同個被窩的烏德克，滿懷期待地問。

烏德克一手撐著頭，側躺在奈西身旁，想著該如何起頭。

「你爸爸是個很聰明的人。他以前在學校是風雲人物，成績學年第一，入學那年便考取A級召喚師的資格，當時整個王城的人都在討論這件事。」

「眞的嗎？」奈西驚呼一聲，神情充滿了崇拜。「我從未聽說過有人十三歲就成爲A級召喚師，爸爸好厲害！」

「是的，他是近百年來最令人驚豔的天才召喚師。」烏德克的視線投向窗外，凝望遠方。「若他還在世，肯定是足以改變時代的大人物，但你知道的，在他十八歲那年，魔王選擇了他。一旦成爲魔王召喚師，人們就會替你貼上爲魔王而生的標籤，你爸爸也不例外。」

聽到這裡，奈西的臉色垮了下來，有些難過。

烏德克輕撫他的金髮。「不過他沒有氣餒。進入宮廷後，你爸爸仍然憑藉自己的天賦異稟，幫助了許多人。」

說著，烏德克嘆了一聲，語氣流露出無奈：「只是我始終不明白，爲何他總嚷嚷著想成爲勇者，我們已經被稱爲勇者了不是嗎？他到底還有什麼不滿足的。」

奈西輕笑出聲。

「那時我因爲痛恨這個身分，所以不想理會他那些關於勇者的言論，當察覺情況不對時，他已經被王族命令要爲水都召喚魔王了。我從不認爲掠奪別人的領土是勇者該做的事，你爸爸卻……」烏德克的眼神複雜起來。

見奈西整個人呆愣住，他很快意識到這不是此刻該說的事，於是咳了一聲，直接下了總結：「總之，他說他非這麼做不可，因爲這件事只有他跟魔王辦得到，所以依舊義無反顧地召喚了魔王。」

雖然萬分不解，但奈西隱約可以猜測到，父親這麼做肯定有自己的理由。他相信父親的爲人，決定暫時不予評論。

「那我媽媽呢？她是個怎樣的人？」

「怎麼說呢……很容易動怒？她常常爲了些小事發脾氣，也很敏感。不過是個好人。」

「那她是不是也是天才召喚師？聽說媽媽有傳說中的妖精女王不是嗎？」

「你媽媽在妖精女王尚未成爲女王前就擁有她了。」烏德克溫柔地注視著奈西。「你跟你媽媽一樣，都是以妖精作爲使魔。」

奈西睜大雙眼。

這個事實讓他一時說不出話，媽媽的使魔居然和他同樣是妖精，而且那名使魔還在之後成爲了妖精女王。

「所以，你知道當年我看見你派伊娃與諾爾去跟芬里爾家的孩子決鬥後，有多麼驚訝了吧。」烏德克的聲音盈滿笑意。「不具戰鬥能力的使魔，強悍無人能擋的幻獸，我在你身上看見你父母的影子。」

「後來伊娃和諾爾也分別變成了妖精與魔族……」彷彿命中注定一般，種種巧合讓奈西覺得驚奇。

他從未想過原來自己與父母如此接近，他有和母親相似的地方，也有父親的特質，如今這兩隻幻獸更成爲他人生中不可或缺的夥伴。

是命運，也或許是緣分。無論是什麼原因，奈西都衷心感謝這一切。他揚起笑容，心中十分滿足。

他感覺自己心裡某塊缺失的拼圖被溫柔地填補上了，沉浸在溫暖的氛圍中，他漸漸垂下眼皮，語氣飄忽起來：「如果他們還活著，會怎麼看待我呢……雖然曾經吊車尾，但……如今已經不是了……我考上A級，也回來繼承家業，我有……好好當個乖孩子吧……」

「那當然。」烏德克肯定的話語迴盪在耳邊，使他安心地闔上眼。「他們會以你爲榮的，我也是。」

在跌入夢境之際，他感覺到額上落下一個輕吻，烏德克沉穩的聲音引領他安心地進入夢鄉。

——你是我們的驕傲。

那溫潤的嗓音，在他耳邊如此低喃。

第二章

「你問我前任魔王召喚師是怎樣的人？抱歉啊，這我答不出來，因爲我沒見過烏德克的哥哥。」

坐在馬車上，諾爾隨口問了艾斯提這個問題，卻得到意料之外的答案。

「我跟烏德克是在前任勇者去世後幾年才相遇的。」說著，艾斯提的語氣懷念起來：「那可眞是我獸生轉折的一刻啊，當時看這人可憐，我沒想太多就答應當他的使魔了，誰知道他的問題比想像中還多……一個十幾歲的少年一夕之間痛失親人，還要繼承古老的家族，更別提得背負召喚青鳥的代價了。人類是纖細敏感的種族，脆弱得跟花朵一樣，這一連串巨變讓他吃了很多苦頭，過了好幾年生活才終於慢慢上軌道。」

諾爾可以想像艾斯提當年的感受，以艾斯提雞婆的個性，肯定是一邊想著這傢伙怎麼能慘成這樣，一邊盡己所能地提供協助。

「他常常跟我提起死去的哥哥是多麼優秀的人，又相當受幻獸喜愛，那個人最大的不幸就是被魔王選中。」

「……魔王不能不選？」

「不能。」艾斯提的神色黯淡下來。「那是第一任魔王留下的詛咒，這個詛咒不會隨著他死去而消滅，也不會隨著時間消失，解除詛咒的唯一辦法，只有等到席爾尼斯家血脈斷絕的那天。無論是魔王還是勇者，只要被烙印上那個金色契文，誰都無法從詛咒中逃脫。」

諾爾看著手中的通知書，這才乖乖將它打開，內容確實如艾斯提所說，大意就是要他去聽說明會，信件末尾還有一個簽名。

「佛洛，魔王？」諾爾念出信末的署名，轉頭問艾斯提。

艾斯提愣了愣。「不，佛洛不是魔王，他是我們的——」

一道白光驀地穿透烏雲，照亮了昏暗的街道，也打斷艾斯提的話。這個神奇的現象讓兩人霎時忘了談天，反射性抬頭望向天空。

在人間界，曙光是自然現象，但在深淵裡可一點也不自然。要知道，這裡是永夜之城，且居民也都是暗屬性，會發出此等光芒的幻獸幾乎不存在。

曙光逐漸照亮整個區域，令城鎮展露出清晰的面貌，這座黑暗的城市居然破天荒地天亮了。

「怎麼回事……」艾斯提有些驚慌，空中突然傳來一聲宏亮的獸鳴。

一隻巨鹿像是被召喚一樣，從附近的某個傳送陣中冒出。

他擁有構造複雜的巨大鹿角，拍著羽翼翱翔於穹空，宣戰似的朝遠處的魔王城怒鳴。

隨後，同樣有著傲人鹿角的巨鹿一隻接一隻自傳送陣踏出，有如受號召而來。

每一隻鹿的外形不盡相同，有的鹿不具備翅膀，但擁有燃燒的蹄子，乍看之下彷彿踩在火焰上，身上不斷迸出零星火花，鹿角像燒紅的鐵一般駭人；也有的鹿通體雪白，胸前的毛蓬鬆柔軟，頭頂一對透明的冰錐鹿角，看上去十分優雅。

每隻鹿都有自己的屬性，這些搶眼的鹿聚在一起異常壯觀。鹿群在街道上落腳，整條街瞬間就像暴露在陽光之下，一切無所遁形，陰森的氣息消散無蹤。

「哼。」方才率先衝進來的巨鹿凝視著魔王城的方向，撇了撇嘴，語氣不屑地開口：「事到如今，還在掙扎？」

整個地區皆被他們照亮，唯獨遠方的魔王城仍處於一片混沌。整座城被強烈的魔族之氣所掩蓋，乍看之下如同籠罩在瘴氣中。

「神鹿？他們怎麼會在這……」艾斯提呆愣地喃喃。

「神鹿？」

「神鹿跟妖精一樣是自然屬性的種族，他們是大自然的守護神，若說妖精能讓大自然充滿活力，那麼神鹿便是令大自然維持生機的存在。這個種族中有不少存在生來就是S級，是既神聖又強大的一族。但我記得神鹿應該是散居的幻獸，爲何會聚在一起……」

艾斯提雖然納悶，然而眼下的危機讓他不得不先把這個問題擱在一旁。他們離鹿群太近，附近的居民早就因戒嚴令而疏散或躲在家裡了，街上只剩下他跟諾爾，處境十分危險。

「諾爾，你先躲進車裡。我們倆絕對打不過這群鹿，既然打不過，就只能裝傻了。」

諾爾點點頭，立刻回到馬車，打算若眞有什麼意外再出來應戰。

作爲一名跟各種強者打過交道的車夫，雖然對這個情況感到緊張，艾斯提仍自有一套應對方法。儘管情況危急，他卻放慢了速度，讓拉車的戰馬以平常的步伐行進。

如果倉皇逃離，說不定會被對方認爲心裡有鬼而展開追捕，所以他裝作什麼都沒看見的樣子，若無其事地經過。

如他所料，鹿群沒多久便發現他們，也不打算輕易放他們走。

擁有冰錐鹿角的白鹿優雅地降臨在前方街道上，整條街霎時成了他的舞台。冰霜以他爲中心飛快地擴散開，白鹿身周的建築與地面都結上一層冰，皚皚白雪飄舞著落下，看上去十分美麗，讓人有種這裡並非深淵的錯覺。

「這位魔族，方便打擾一下？」白鹿客氣地開口。

「這位遠方來的貴客，請問有什麼事嗎？」艾斯提也有禮地回應。

「我族想前去拜訪魔王，然而魔王城的魔族之氣阻礙了通行。我族屬於自然系種族，那污濁的氣息將傷害我族的身體。」

艾斯提表面上不動聲色，內心卻不以爲然。這對這些神鹿來說其實不是問題，就像前方有個泥巴坑一樣，神鹿們當然過得去，只是不想弄髒身子。

「請問一下，你們的王要怎樣才願意消除魔族之氣見我們？」

一陣寒風襲來，在艾斯提的四周盤旋，不斷發出令人戰慄的呼嘯聲，彷彿下一秒便會把艾斯提連骷髏帶車捲起。

艾斯提輕笑幾聲，溫和地表示：「魔王陛下並非不明理，只是尚未弄清貴客們的目的而已，如此陣仗恐怕不是純粹的拜訪，陛下自然不敢大意。幾位貴客可否說明來意，好讓我去通報陛下？」

見艾斯提如此應對得體，白鹿也不好再咄咄逼人。他們都侵門踏戶到這裡了，本以爲魔族會氣呼呼地馬上開戰，結果非但沒有，街上還空空如也，只剩一個路過的車夫，而對方的表現異常文明，自視甚高的他們總不能像混混一樣先把人家給撕了。

「我族不是特別有耐心，希望你們的王盡快回應。」白鹿前腳用力一踏，整條街道的冰霜瞬間迸裂，無數細碎的冰晶隨風飛散，白鹿站在冰晶之雨中，冷冷丟下最後一句：「否則，別怪我族無情，把你們的魔王城拿下。」

「事情眞的大條了啊諾爾！」駛進魔族之氣涵蓋的範圍後，艾斯提立刻恢復碎碎念本性。「雖然不知道究竟怎麼回事，但魔族這下眞的惹到不該惹的對象了！」

諾爾跳出車外，來到車棚上望向後方。濃厚的魔族之氣是魔族的活力來源，身處這片汙濁的空氣之中，諾爾沒有半點不適，反而能力變得更強，他的目光穿過黑霧看見那群占據街道的神鹿。

「魔王能打贏？」

「或許，但神鹿可不是分支種族，之前雖然與哺乳類的鹿被歸爲同一物種，不過後來他們連署成功，協會同意讓他們獨立爲一個種族，也就是說，神鹿有金色等級的王。」艾斯提嚴肅地說明。「神鹿王可不是開玩笑的，如果把王引出來，雙方勢必會陷入一場惡戰。」

縱使金色契文並不代表實力強弱，但諾爾知道神鹿王肯定不簡單。守護神之王，聽起來就超猛，他也完全不想與這種層級的幻獸爲敵。

「到了，這裡就是魔王城。」

聞言，諾爾放眼望去，眼前是一座莊嚴的宏偉城堡，灰色調的哥德式建築在森森陰氣環繞下更顯詭譎。

艾斯提的馬車緩緩駛進這座貨眞價實的鬼城，一路上諾爾在城牆與塔頂瞧見許多雕像，這座城堡有如雕工精細的藝術品，繁複華麗的外觀襯托出建築的氣勢，時不時還可以見到精緻的石雕擺放在各個角落。

艾斯提停下馬車，諾爾才剛跟著從車上跳下，便注意到一旁的布告欄上面貼滿了廣告傳單。

「老闆太難搞？工時太長薪資又少？現在加入魔王城，享受高薪又穩定的晚九朝五生活！」

「徵廚房夥伴，擅烹飪人類菜餚佳。可能外派出差（人間界廚房）。」

「徵治療系幻獸，主管好待遇佳，意者請洽車夫艾斯提。」

「徵人帶我去人間界玩，低耗魔輕巧不占空間不怕被發現，意者請洽無頭爵士勒格安斯。」

諾爾面無表情把勒格安斯的傳單撕掉。

一張張廣告密密麻麻地貼在布告欄上，每隻幻獸似乎都想搶占好的版面位置，甚至還蓋住別人的傳單，都快看不見原本的底板了。

「你如果想打廣告也可以貼喔，不管是誰都可以張貼。」艾斯提熱心提醒。

諾爾一點也不想學這些幻獸貼些奇怪的廣告，然而當他打算移開目光時，眼角餘光卻瞥見一張熟悉的面孔。

有張傳單上印著一個大大的頭像，下方還用十分拙劣的畫技畫出一隻……勉強看得出有四隻腳且頭上長角的生物。

「注意！亞空間大盜出沒！」

諾爾一把撕下通緝單，揉一揉丟到旁邊。

雖然現在因為奈西的關係，幻獸們不再像以前一樣對他窮追猛打，但他仍讓許多魔族恨得牙癢癢。確認布告欄上沒有自己的其他通緝單後，他才轉過身，卻看見有石像擋在那裡。

他很確定剛剛這個地方原本不存在石像。

「走吧諾爾，大門在——噢。」艾斯提像是感應到什麼似的停下動作，看向狐疑的諾爾，一臉理所當然地說：「烏德克起床了，我先去做早餐，等等還要送他們去學校，你先自己探索一下吧。」

不等他回答，艾斯提逕自開啟召喚陣離開。

「……」

即使魔王城處於危急存亡之際，忠心的艾斯提仍不忘準備早餐和載自家召喚師去上課。

由於隨時都可能受到召喚，幻獸們早已養成「有什麼事等被召喚完回來再說」的習慣了，反正狀況再怎麼糟，也不會比拒絕召喚的後果糟。眞有什麼放不下的東西，一起帶過去就是。諾爾很快接受自己被拋下的現實，同時感覺到灼人的目光，頓時猛然回頭。

方才那些石像此刻離他只有一步之遙，和石像玩木頭人遊戲簡直像鬼片。

「幹麼？」他面無表情地問。

石像們沒有吭聲。

於是，諾爾十分乾脆地抓起一座石像，做出準備猛砸的動作。

「啊啊啊啊！」石像終於動了，只見雕工精細的人形石像在空中抖著四肢哀號：「放我下來！要是你把我的鼻子摔斷怎麼辦啊！我靠臉吃飯的啊！」

「放他下來！他有三百年歷史了，禁不起摔啊！」其他石像也紛紛動了，被雕成各種幻獸與人類外形的石像們驚恐地圍繞在諾爾身邊，不斷求情。

「那傢伙跟我是同一位工匠製作的，別這樣！」

「他上次不小心跟別的石像相撞，已經有裂痕了，千萬不能摔啊！」

諾爾維持面無表情將那座石像放下，眾石像這才鬆了口氣。

「幹什麼？」諾爾問。外面的S級敵人就要攻進來了，這些石像鬼還有閒情逸致嚇他。

「沒有啦，只是覺得新奇而已，很久沒看見跟魔王陛下一樣有角與人形的幻獸了。」

「外面發生了什麼事我們也很好奇啊！想出去看看，佛洛又不准我們離開！」

「外面有鹿，很危險。」諾爾一邊隨意打量周遭，一邊走向大門，石像鬼們也跟了上來。

「只是群鹿怕什麼！有必要防成這樣嗎？還實施戒嚴！」

「不是普通的鹿。」

「話說，你長得有點像通緝單上那個亞空間大盜耶……」

「你的錯覺。」

這群石像鬼似乎悶壞了，跟在後面說個不停，讓諾爾很想知道石像鬼一族是不是都特別聒噪。

他來到大門前，面對這扇約五尺高的巨門，他禮貌地抬手敲了敲，沒有得到回應。

「我要是你，就不會從這裡進去。」

「怎？」諾爾才剛回頭一問，大門便緩緩向內開啟。

陣陣陰風灌入，巨門後是空曠的大廳，裡面十分昏暗，只有燭臺上搖曳的藍色火光勉強照亮室內。

在這個死氣沉沉的大廳中，有張巨大的椅子，上面坐著一名身著輕便鎧甲的人形幻獸。他像是睡著一般低垂著頭，雙手還戴著手銬，兩把巨劍插進座椅兩側的地板。

也許是被從大門灌進的冷風喚醒，人形幻獸動了動。

他猛然睜開雙眼，青色眼瞳直盯門口的諾爾，霎時室內的氛圍爲之一變，令人窒息的壓迫感充斥整個大廳。

「你……」幻獸緩緩站起身，讓諾爾得以看清他的樣貌。這名光頭的人形幻獸有著黯淡的灰色皮膚，好幾尺長的驚人身高，踩著沉重的步伐向諾爾走來。

「我認得你……」灰色巨人緩緩吐出一句話，諾爾還沒做出反應，所有石像鬼已經率先落荒而逃。

「快逃啊！泰戎要發威了！」

「泰戎？」面對迅速逃之夭夭的一眾石像鬼，諾爾只來得及問出兩個字。

「你不知道他嗎！」一隻會飛的惡魔石像鬼驚慌地說。就在此時，插在座椅旁的兩把劍自動從地板拔出，飛到名爲泰戎的巨人手上，如同盯上獵物的野獸一般，灰色巨人露出猙獰的神情。

「這傢伙是掌管深淵的暗黑四天王之一，戰神泰戎啊！」

一陣咆哮朝眾人襲來，震碎了玻璃窗，巨人大鐘般低沉洪亮的怒吼響徹整個大廳：「亞空間大盜，我絕不會放過你！」

又來了。諾爾已經不想去算這是第幾次怪主動貼上來攻擊了。

而且，這次的對手還有什麼「暗黑四天王」這種俗到不行的稱號，如果他是召喚師，絕對不想喊出這麼中二的名字。「出來吧！暗黑四天王！」什麼的，有勇氣如此大喊的，大概也只有勒格安斯這個奇葩了。

當諾爾還在內心吐槽的時候，這名可以視為勇者小學教師之一的巨人已經砍過來了，他憑著劍士的本能舉劍擋開。

若是以前的他肯定會避戰，但如今諾爾並不介意與泰戎打上一場。能被稱為暗黑四天王，這個巨人的實力八成是S級，他正好可以藉此測試一下自己與S級之間還有多少差距。

擋下氣勢萬鈞的一擊後，陣陣壓倒性的力量逼近，以諾爾為中心的四周地面龜裂開來，狂風掀起漫天塵埃。為了接住這一擊，諾爾兩隻手都發麻了，然而泰戎不給他反應的時間，揮舞著另一把劍朝他的腰側砍來。

一團黑霧自諾爾身上爆出，泰戎的劍隨即劃破黑霧，但虛無縹渺的霧氣隨著強勁的風壓消散時，諾爾早已失去蹤影。

突然，一把纏繞著黑色不祥之氣的大劍朝巨人的後頸砍下，泰戎憤怒地咆哮，旋身揮砍劃出半圓弧的軌跡，隨之產生的氣刃化爲灼熱烈焰，猶如火鳥之翼般向諾爾飛去。

諾爾扭身躲過，下一秒，橘紅之刃再度襲來。他變成山羊，蹄子一蹬飛快與泰戎拉開距離，這時才發現泰戎改變了形態。

泰戎的背後不知何時冒出一對巨大的黑色羽翼，原先黯淡無光的雙劍此刻像燒紅的熱鐵一般，散發熾熱的微光。

泰戎目露凶光瞪著他，諾爾波瀾不驚地與之對視，場面一觸即發，泰戎驀地怒吼著衝來，流暢地揮動兩把巨劍劈砍。

泰戎的攻擊粗暴而凌厲，伴隨著帶有駭人溫度的橘色火光，在昏暗的室內留下一道道致命的痕跡，而諾爾纖細的黑色身影穿梭在不時綻開的橘色花火中，享受著與死亡近在咫尺的快感。

「那個亞空間大盜……好強啊。」不知何時，石像鬼們又溜了回來，全都目瞪口呆看著這場戰鬥。

「能與泰戎打成這樣的人不多……」

「糟糕，我第一次覺得泰戎的戰鬥挺好看的。」

強勢而猛烈的火焰劍氣在空中交織，諾爾就像與泰戎共舞的舞伴，輕盈地於其中周旋。火光所到之處都與黑色劍士錯身而過，他沉著冷靜地踏著自己的步伐，不時以他那相較之下顯得毫無存在感的大劍，不斷在泰戎身上劃下細微的口子。

他不貪進，亦不著急，反而是泰戎因遲遲砍不中對手而越發急躁狂亂，最後巨人咆哮一聲，兩把巨劍猛然插到地上，整座大廳的地面隨之急速綻裂，橘紅色的火光從裂縫中透出，猶如即將噴發的岩漿。

見狀，諾爾當機立斷化爲魔羊，飛快衝向大門。

炙熱的烈焰很快突破地面，凶猛地衝向天花板宣示著自身的攻擊性，大廳被熱焰徹底吞噬，成了一片火海，諾爾在千鈞一髮之際奪門而出。實力測試的結果已經很明確了，泰戎皮粗肉厚，面對這種需要高度集中力的戰鬥，他絕對會落敗，想硬吃這隻王是不可能的，當然諾爾也沒打算這麼做，能與S級對打一陣已經讓他很滿足。

然而，下一秒他聽見石像鬼們的驚呼，回頭一瞧，只見泰戎從火海中飛了出來，氣勢洶洶地揮劍相向。

顯然，泰戎不打算輕易放過他。

諾爾蹄子一蹬，憑藉哥德式建築複雜的構造輕而易舉找到落腳處，三兩下躍至屋頂，泰戎翅膀一拍隨即跟上。

兩人的追逐嚇壞了棲息在屋頂上的烏鴉與石像鬼，瞬間紛紛作鳥獸散，讓此處成了諾爾與泰戎的舞臺。

「不要跑！」泰戎怒吼一聲，驚動了整座城中的烏鴉群，灰濛濛的天空盤旋著數以百計的黑鴉，令魔王城更增添不祥的氣息。

諾爾一個滑步躲過從身後襲來的灼熱劍氣，如今戰場換到室外，行動靈活的諾爾卻感到棘手了。

方才因為雙方是貼身戰，體積龐大的泰戎揮舞起巨劍不若諾爾這般自如，巨劍對上體型小的敵人是十分不利的。然而此刻變成了追逐戰，泰戎那對羽翼輕輕一拍便能前飛好幾尺，一下就要追上諾爾。

當諾爾考慮著要不要乾脆把王拖到神鹿群那邊時，他的面前忽然出現一座召喚陣。

同一時間，遠在另一個世界的召喚師們享受完溫馨愉快的早餐時光，正準備前往學校。

「你能回來住眞是太好了，沒想到你這麼會做飯，有機會多教我幾道菜吧。」艾斯提開心地跳上馬車，一邊對奈西說。「烏德克老是嫌我煮的東西沒有人味。」

「沒有人味？」奈西有些傻眼，他第一次聽見這種形容。

「這傢伙一開始做的東西根本不能吃。」大概是想起當初的各種慘劇，烏德克一臉頭痛。「因爲骷髏沒有舌頭可以嚐味道，艾斯提煮的食物完全是破壞味覺的黑暗料理，後來按照食譜依樣畫葫蘆後才好了一點，但也只是可以吃而已。」

聞言，奈西不禁失笑。

「以後不管烏德克想吃什麼，我都會做的。我已經回來了，無論何時都在。」奈西溫柔的語調讓烏德克的神色也柔和起來，他摸摸乖巧姪子的頭，內心備感安慰。

「現在大家都知道我們的關係，因此以後也可以一起去學校了。」烏德克語帶笑意。「不過我們家太大，爲了避免遭小偷，所以離家之前得先召喚幻獸守門才行。」

「啊！說到守門，我先召喚一下霍格尼。」想到霍格尼的冷卻時間過了，奈西連忙伸出戴著戒指的手，向一旁喊道：「召喚，暴食霍格尼！」

召喚陣在乾裂的地面上浮現，一隻巨大紅龍從裡頭衝出來。

「……」霍格尼很罕見地沒有叫囂，只是一臉不爽沉默不語。

「怎麼了？又被艾琳娜召喚了嗎？還好嗎？」見狀，奈西緊張地靠過去摸摸霍格尼的身子，檢查是否有傷。

由於艾琳娜也頻繁召喚這隻紅龍，奈西經常會遇到召喚失敗的情況，例如昨晚本來也想召喚霍格尼的，結果喊了卻沒有召喚陣浮現。

「雖然沒那麼糟，但還是糟透了，媽的，老子又被芬里爾家的人召喚了。」霍格尼不高興地說。「而且是那個跟你很好的白毛渾球。」

奈西愣了。「伊萊不是沒有你的契文嗎？」

「召喚系統剛好選中老子。那家人一天不召喚龍族會死嗎！」

奈西輕聲笑了笑，摸摸他的龍頭安撫。「結果呢？伊萊召喚你出來做什麼？」

「誰知道。」霍格尼不屑地哼了一聲。「好像是祖孫倆在進行什麼召喚訓練吧，反正我吼個幾聲外加言語上的精神攻擊動搖那小子，讓他控制失敗後，就拍拍屁股回家了。」

「……」

奈西不知道該說些什麼，那對祖孫居然召喚出霍格尼，場面肯定非常尷尬。召喚系統誰不選，偏偏選一隻令芬里爾家族蒙羞的幻獸。

現在整個王城的人都知道席爾尼斯家有一隻龍，這讓芬里爾家氣壞了，之前要奈西加入他們家的提議也理所當然作廢。席爾尼斯家是出了名的倒楣，若是兩家聯姻可得有絕子絕孫的準備，兒孫滿堂的芬里爾家自然避之唯恐不及。

不過，雖然對奈西的眞實身分感到憤怒，芬里爾家也無可奈何，因爲奈西是王族渴求已久的魔王召喚師。

「你今天看家好嗎？」奈西好聲好氣詢問，霍格尼這才注意到眼前是席爾尼斯宅邸。他掃視幾眼後大笑一聲，化為人形讚許地拍了拍奈西的頭。「不錯嘛，這荒涼的地方跟寒酸的你挺配的！」

「……」

奈西決定忽略霍格尼的話，當作這隻紅龍已經接受任務。他握住胸口的項鍊，準備召喚諾爾出來尋求安慰。

「召喚，魔羊諾爾——」

名字還沒喊完，召喚陣也才開了一半，諾爾卻已經從地面上那狹窄的洞口躍出，如此迅速的動作讓奈西呆愣在原地。認識諾爾這麼久以來，他還是第一次看見諾爾這麼有效率地從召喚陣冒出，平時總是會拖拉個老半天才慢吞吞現身。

一看見奈西，諾爾罕見地露出驚恐的神色，奈西正想問怎麼回事，一隻布滿青筋的巨手就猶如鯊魚一般猛然從召喚陣伸出，一把將人形諾爾握在手中。

在場所有幻獸與召喚師都呆住了。

這個畫面有如殭屍片一般，灰色巨手將黑衣劍士牢牢攫住，底下還傳來怒吼：「休想逃走！該死的亞空間大盜，我絕不放過你！」語畢，粗壯的手臂開始往下拽，準備將諾爾強制回收。奈西頓時嚇壞了，他驚叫一聲，奮不顧身地撲上抱住那隻手。

「住手啊！放開諾爾！」

「奈西！」烏德克面露驚恐，連忙衝過去想將奈西拉開。「你快放手，那隻八成是S級，很危險！」

「放開他！」艾斯提一眼看出這巨手屬於誰，他的語氣也慌得像是瞧見自家小孩要跳樓一樣。「這傢伙是暗黑四天王啊！貨眞價實的S級！」

「不要！是S級那更不能放！諾爾不到S級，被拖回去的話會被殺掉的啦！」奈西快急哭了，說什麼都不肯鬆手。「有膽子就出來，不要把諾爾帶走！」

話雖這麼說，但光是一條手臂便已讓奈西臉色慘白。他先召喚了霍格尼，而後又讓諾爾過門，要是泰戎眞的出來，奈西的小命就不保了。

「你放開！」諾爾一邊掙扎一邊慌張地喊，也不知到底是在對誰說，最後他用眼神示意霍格尼，霍格尼立刻過來抱開奈西。

「放手啦！諾爾！諾爾！」奈西拚命抵抗，絕望地朝諾爾哭喊，然而面對這個狀況，即使是S級召喚師烏德克也束手無策。這隻S級幻獸既不能拖出來，又不能塞回去，到底該怎麼辦才好？

一旁的艾斯提當機立斷，開啟自己的召喚陣從幻獸界那邊下手，一回深淵果然看見魔王城一片混亂，烏鴉與石像鬼四處亂飛，連原本躲在城堡內的許多魔族也出來一探究竟。

「泰戎在哪？」艾斯提抓住一名魔族詢問。他快急死了，怎麼才離開沒多久，諾爾就跟暗黑四天王槓上了，還好死不死撞見破壞力最強的一隻！

「他剛剛追著亞空間大盜跑到屋頂了，現在好像卡在那裡。」石像鬼指向一座尖塔下方的屋頂，艾斯提帶上他的兩隻戰馬衝了過去。

一來到屋頂便看見泰戎氣急敗壞地怒吼著，灰色巨人的手伸在半空中，手肘以下沒入召喚陣，乍看之下手臂彷彿卡在洞口。

而他也確實被召喚陣卡住了。

「該死的召喚陣！開得這麼小幹麼！」泰戎洪亮的聲音迴盪在魔王城，他努力想抽回手臂，但爲諾爾量身打造的召喚陣牢牢困住他的手，更糟糕的是，隨著時間流逝，已經達成任務的召喚陣越縮越小，讓他更加難以脫身。

「你快給我下來！」泰戎憤怒不已地對著門咆哮。

「我沒動。」召喚門彼端傳來諾爾冷冷的聲音。

艾斯提跑到泰戎腳邊，用鞭子捲住一條腿，運用爐火純青的開召喚陣技術在自己身後開啟一個大型召喚陣。

位在門的另一頭的烏德克看見那隻灰色巨腳，頓時嚇了一跳，但艾斯提管不了這麼多了。他用力一扯，把泰戎的腳扯進由烏德克支撐的召喚陣裡。

「哇靠，現在是怎樣？」霍格尼大呼一聲，一臉莫名其妙看著這個畫面，當幻獸這麼多年，他還是第一次目睹如此奇景。

只見泰戎的手依舊卡在奈西的召喚陣中，腳則在烏德克的召喚陣這裡，看起來有如被肢解的怪獸。

「別愣在那裡，快拉！」艾斯提扯著鞭子朝霍格尼怒喝，兩匹幽靈戰馬也加入拔河的行列，咬著韁子奮力把泰戎扯過來。紅龍咒罵一聲，放下奈西加入行列，被此等情景嚇到的奈西站在原地，呆看兩邊拔河。

霍格尼抓住泰戎的腳用力一扯，將整條大腿拉出烏德克的召喚陣，而後乾脆雙手伸進陣中，又抓住另一條腿，與艾斯提一人一邊猛力地拉。

「你他媽的……」霍格尼極爲不爽地低罵，他看了臉色慘白的奈西一眼，整條手臂青筋暴起，咬牙切齒地喝道：「要是把老子的召喚師弄死了，絕對找你算帳！」

這句話彷彿帶著力量，霍格尼用力一拔，成功地將泰戎整個從烏德克的召喚陣裡拔了出來，還買大送小順便拔出了諾爾。

轟的一聲，巨人摔落在荒涼的庭院，終於達成使命的兩個召喚陣迫不及待地關閉，留下狼狽的眾人。

「哈……我的天啊……」艾斯提跌坐在地，累得直喘氣，兩名召喚師也好不到哪裡去。被兩隻A級與S級的一條手臂弄得魔力幾乎見底的奈西臉色蒼白，烏德克也因爲突然召喚出一個暗黑四天王，再加上艾斯提與諾爾，整個人虛弱得跪坐到地上。

課都還沒開始上，眾人已經被這樁意外弄得精疲力盡。

「諾爾！」奈西跌跌撞撞走過去奮力扳開泰戎的手指，想從掌中拖出諾爾，而泰戎因爲摔了個狗吃屎，一時也忘記握緊，使得諾爾終於成功脫身。

「嚇死我了，我還以爲你要被殺了……」奈西緊緊抱上去，整個人埋在諾爾懷裡，話音帶著微弱的哭腔。

諾爾回抱住受驚嚇的主人，摸摸奈西的頭安撫。「沒那麼容易死。」

「痛死了，搞什麼啊……」泰戎緩緩爬起身，揉揉自己的光頭，這才注意到周遭的景色。「這什麼鬼地方？」

「你被召喚了。」艾斯提客氣地提醒。

「啥？召喚？」彷彿很久沒聽見這個詞似的，泰戎愣了，他東張西望一番，最後目光落到諾爾與奈西身上。

「我不會讓你欺負諾爾的，你走開，不要靠近他！」少年氣急敗壞地想擋在自家黑羊身前，卻被諾爾拉回去牢牢鎖在懷裡。

「他很凶猛，別靠近。」諾爾安撫炸毛的奈西，面無表情地與泰戎對視。

那目光訴說著什麼，讓泰戎瞬間理解了。

「你是……魔王召喚師的，幻獸？」這下泰戎真的冷靜下來了。

諾爾這才亮出剛剛根本沒時間拿出來的魔王城邀請函。

「……」

兩人相對無言了一會兒，泰戎忍不住喃喃出聲：「等等又要被佛洛念了。」

「這傢伙到底是什麼？」烏德克在艾斯提的攙扶下起身，他頭痛地扶著額，皺眉打量自己到底召喚了什麼鬼東西。

「戰神泰戎，地位僅次於魔王的暗黑四天王之一，同時也是深淵的管理者。泰戎是魔王城的武官，爲守城第一大將。」艾斯提盡責地解答。

聞言，烏德克看起來頭更痛了。

「暗黑四天王……」聽見這個頭銜，奈西臉都綠了。「你想對諾爾做什麼？難不成見魔王之前要先把四天王打敗？那諾爾，你不要去了！」

見少年任性地黏著自己，諾爾的嘴角微微勾起笑意。

「沒要打，我是他們的，客人。只是剛才誤會了。」

「只有庸俗之獸才會以這種粗蠻的方法求見我王。」泰戎不屑地說，完全忘了明明是他自己強迫諾爾開戰。

見事情似乎解決了，烏德克疲憊地嘆息一聲，隨意揮了揮手。「既然出來了就當半個小時的守衛。所有幻獸半小時後也全部回去。」

「什麼？守衛？堂堂暗黑四天王給你當守衛？你以爲你是魔王陛下嗎？」泰戎

憤怒地抗議。

「我只知道我現在確實是你的主人。」烏德克冷冷表示。

「好啦好啦，大家和平相處。都是一家人不是嗎？」艾斯提介入調停，接著轉向泰戎，拿出一本魔導書，笑咪咪地說：「既然都出來了，印個契文再走吧？」

「……」

第三章

好好的清爽早晨被這場召喚意外一攪和，兩個召喚師都疲憊不堪，儘管如此，課還是得上。

奈西也不認爲自己用這個理由請假會被接受，因爲不小心召喚出暗黑四天王的一隻手而請假，這話說出去誰信？

烏德克同樣不想爲這莫名其妙的意外告假，他遇過的意外可多了，不小心花掉太多魔力眞的不算什麼。

「你還好嗎？」馬車上，奈西坐在烏德克身邊，擔憂地看著臉色蒼白的烏德克，烏德克摸摸他的頭，要他別擔心。「魔力是幾乎見底了，但還撐得住。那傢伙的魔力需求差不多是三分之二個勒格安斯。」

這奇怪的單位讓坐在兩人對面的諾爾有些訝異。想不到連暗黑四天王的魔力需求都比不上勒格安斯，這傢伙到底多耗魔？

馬車停下，車門隨後打開，剛要到泰戎契文的骷髏使魔以十分愉快的語氣恭請三人下車。諾爾不禁懷疑，這傢伙是否很想把四天王的契文都集齊。

離車門較近的烏德克才一腳踏出馬車，便一個打滑，整個人直接滑出去。

「烏德克！」奈西驚叫一聲，連忙從地上扶起烏德克。剛才那一摔雖然是臉著地，不過烏德克的臉上只沾了一層灰，那英俊的臉孔完全沒有傷到半分，這大概是不幸中的大幸。

「你沒事吧？」想到烏德克會如此倒楣都是因爲他，奈西更加愧疚了。

「沒事，我很習慣了。」烏德克淡定地拍掉身上和臉上的灰塵，在奈西的攙扶下緩緩站起來。

奈西緊張地盯著自家叔叔的表情，縱使烏德克早已不介意這等衰運，但如今明白眞相的他無法不在意。

諾爾說過，因爲烏德克召喚了青鳥，他才得以存活下來。他曾特地查過相關資料，青鳥是能夠帶來奇蹟的幻獸，而他便是奇蹟的受惠者。

問題是，他眞的是烏德克當年想救的人嗎？

他的父親與烏德克相依爲命，又是烏德克最敬愛的大哥，相較之下，他只是才出生沒多久的姪子，要讓誰活下來，答案應該顯而易見。

然而最後活下來的是他，與烏德克沒什麼感情基礎、僅有血緣聯繫的他。如此結果還害烏德克犧牲了後半生的幸福，這種事怎麼可能被輕易接受？

所以奈西認爲，烏德克十六年來的不聞不問完全情有可原。雖說也是爲了他好，但烏德克肯定討厭他過。

這個人想必歷經了許多風風雨雨，最後才能夠接受他，毫無保留地付出關愛。

想到自己可能被討厭過，奈西忍不住抓緊烏德克的衣袖，但很快他便想起這裡是學校，是公眾場合，他必須有魔王召喚師的樣子。

「跟烏德克老師從同一輛馬車上下來？這麼說來傳聞果然是真的……」

「傳說中的魔王召喚師……」

「我早覺得奈西強得離譜了，原來根本是席爾尼斯家的人。」

周遭的竊竊私語印證了奈西的想法，從今天開始，他成了公眾人物，必須跟烏德克一樣面對世俗的眼光與壓力。

席爾尼斯家不像芬里爾家，到現在仍是個活生生的傳奇。歷經千年後，輝煌的過往僅能淒涼地躺在歷史課本中，人們只記得勇者這個頭銜，而當初存在的意義早已被遺忘。

在所有人眼中，他們如同垂死的病人，逐漸在時代的洪流中凋零。

被這麼多雙眼睛盯著，奈西的肩膀縮了縮，有些不自在。這時，諾爾站到他身後，面無表情掃視周圍，一些膽子較小的人立刻收回目光，急急忙忙走開。

「那麼我先回去了，放那兩隻幻獸看家我不太放心，有事再用契文聯絡。」

聞言，烏德克點點頭，讓艾斯提率先駕車離去。

「你今天也是上到最後一節課吧，奈西？」

烏德克的詢問讓奈西猛然回過神，他略顯呆滯地看著自己的叔叔，並沒有聽清楚剛才的話。

烏德克無奈地笑了笑，憐愛地揉揉他的頭。

「今天一起回家，好嗎？」

奈西慌慌張張地用力點頭。望著那雙溫柔的眼睛，他仍是無法想像這個人以前討厭過自己，不過這種問題他也很難問出口，更害怕知道答案，最終只能目送烏德克離開。

奈西的真實身分讓周遭的人看待他的目光變得微妙，同學們有的畏懼有的崇拜，老師對他的態度也多了幾分敬意，然而最受他的身分影響的，是他的兩位青梅竹馬。

原本就尷尬的組合，如今變得更加尷尬了。

奈西侷促地坐在位子上，向誰搭話都不對，偏偏他還是得找個人搭話。

「那個……我覺得我們趕快開始討論比較好……」他硬著頭皮向兩人開口。

「……」雖然已經接受奈西是仇家招牌召喚師這個事實，但一直以來對席爾尼斯家很反感的伊萊仍不知該怎麼對待奈西。

要說跟以前一樣嘛，旁人會說閒話，家人也會說閒話，他自己同樣有些彆扭。

以前明明討厭極那個家族，現在卻得知自己的摯友正是那個家族的成員，根本被狠狠打臉。

「……」雖然已經接受奈西是自家朝思暮想的召喚師這個事實，但因爲過去對奈西態度差勁，再加上依舊心懷芥蒂，修迪也不知該怎麼對待奈西。

要說跟以前一樣嘛，旁人會說閒話，家人也會說閒話：人家可是我們費盡千辛萬苦才留下來的召喚師，你應該盡量拉攏他才是！

他想到今早父王才語重心長地要他務必與奈西打好關係，最好把人哄進宮裡住。可是他只想吐槽，人家又不是笨蛋，好不容易才救出自己唯一的家人，哪可能願意再回到宮廷？

諾爾坐在對面看著尷尬三人組，歪了歪頭。

他實在難以理解人類這個種族，他們總是在乎太多瑣碎的事情，以至於無法好好表達自己的想法。

譬如說人類餓了，不只會顧慮現在是否用餐時間，還會爲了要吃什麼思考很久，而有些人明明餓得要命，卻又怕發胖，所以只吃一點點食物，這些都是幻獸不懂的。吃個東西還要顧及這麼多，人類眞的很有事。

在他看來，伊萊跟修迪正是陷入了類似的情況，雖然都很在乎奈西，卻爲了一堆無聊的理由而無法坦率。

「明明都喜歡奈西。」諾爾直截了當地點破，此話一出，奈西的兩個青梅竹馬同時炸毛了。

「誰喜歡這傢伙！我恨他都來不及了，怎麼可能喜歡他啊！這傢伙之前還把我家炸了，我沒跟他要修繕費已經很——咳咳！」修迪的理智線一秒斷裂，露出本性對諾爾破口大罵，察覺到同學們的目光後才連忙收斂，硬是乾咳幾聲。

「你跟那隻王八龍串通好是不是！我不會被同樣的話影響第二次！你們這些不知羞恥的幻獸！」伊萊也指著諾爾激動大罵，情緒根本完全被影響了。

「好、好了啦……先放下成見，趕快一起完成作業好嗎？諾爾的召喚時間只剩十分鐘，我們最好快點解決。」奈西無奈地說。三人被分到同一組已經夠尷尬了，還得在這堂幻獸研究課交出一份研究報告。

「你半夜召喚他做什麼？」伊萊以為是諾爾的召喚時間快結束了，頓時對諾爾露出嫌惡的表情。

「你不是魔力很多嗎？」修迪則恢復優雅的姿態，帶著笑嘲諷。

「我早上才召喚諾爾的，只是出了點意外，不小心連暗黑四天王也一起召喚出來了。」奈西備感無奈。「所以我現在魔力不夠，無法延長召喚時間，也無法再次召喚。」

「……」此話一出，伊萊和修迪都沉默了。

怎麼說呢，席爾尼斯家的日常似乎有點恐怖。

伊萊猶豫了一會兒，小心翼翼開口：「你所說的暗黑四天王……該不會是，S級？」

奈西點點頭，見伊萊臉色發白，於是趕緊補充：「只出來一條手而已，後來其他幻獸們合力把他從烏德克的召喚陣拔出去了。」

雖然對這個結果感到無語，然而想到奈西剛在鬼門關前走了一遭，伊萊忽然覺得原本顧慮的事實在微不足道。不管奈西擁有什麼身分都不重要，只要能像這樣坐在他身邊，就是最好的事。

「怪不得看你的臉色有點差，還好嗎？」

臉頰傳來伊萊手指的觸感，奈西的身子微微一僵，但很快便放鬆下來，笑著搖搖頭。

「喲，你們芬里爾家不是很討厭席爾尼斯家嗎？這麼關心人家的魔王召喚師妥當嗎？」尖酸刻薄的聲音從另一邊傳來，語氣流露出一絲顯而易見的醋意。

諾爾看著又吵起來的兩名年輕召喚師，懶洋洋地打了個呵欠。

人類真是他見過最不坦率的生物。

自從遇見諾爾後，奈西逐漸展現優異的召喚天賦，現在的他不再是當年被同學和老師瞧不起的孩子，這幾年來不僅靠著自己的努力提升了課業成績，更取得A級召喚師資格，所有人早已對他改觀，現在再加上席爾尼斯這個姓氏，使他更是備受矚目。

不過，也有幾個和他比較要好的同學問他認祖歸宗後有沒有變衰，讓奈西哭笑不得。

大部分的人對他的態度或多或少都有轉變，只是轉變的程度全都不及修迪。以往修迪對他總是咄咄逼人，如今卻氣勢全失，整個人表現得異常彆扭。

就好像想對他好，又心懷疙瘩一樣，看得奈西也很糾結。

可以的話，他也想跟修迪和好，修迪名列他這輩子最愧疚的對象之一，縱使他們不可能重拾以前那單純的友誼，他依然期盼他們仍有一絲再當朋友的機會。

「修迪！」下課後，奈西叫住要趕去上下一堂課的修迪。由於他和烏德克魔力都見底的關係，眾幻獸只待了半小時便紛紛返回幻獸界，目前只有他自己一個人。

修迪停下腳步瞄了他一眼，露出微笑親切地問：「有什麼事呢，席爾尼斯同學？」

「呃，那個……」對於這個稱呼仍不是很習慣的奈西愣了一下，緩緩表示：「方便借一步說話嗎？」

「希望席爾尼斯同學純粹是為了課業上的問題，我不希望家族之間的糾葛影響到我們，過去的事就讓他過去吧。」在公眾場合，修迪還是不放過任何可以為自己加分的機會，帶著憐憫的神色好言相告，令奈西很是無語，只想吐槽真不知是誰讓過去的事過不去的。

而果然如奈西所料，一來到無人的角落，修迪的臉色隨即垮下，端起尖酸刻薄的態度。

「幹麼？」修迪沒好氣地問。

奈西苦笑了一下，然後真誠地說：「我想謝謝你那天幫了我們。若沒有你的謊言，我們將無法救出烏德克。」

聞言，修迪沉默了。他露出複雜的神色，好一會兒才再度開口，這次氣焰顯然委靡許多：「別誤會，我只是順手還個人情而已，畢竟之前不小心把你推下樓。」

這個回答令奈西有些失望，但仍禮貌地回應：「不管怎樣還是謝謝你。因為你，我才能救出唯一的家人。」

他躊躇了一下，又猶豫地問：「我、我想知道……我們之間是否還有重新開始的機會？當然，前提是你不能傷害我的幻獸。」

想到那群牛鬼蛇神，修迪臉色都黑了。就算他想傷害也沒辦法好嗎。

「我當然可以跟你重修舊好，但你確定要這麼做？」看著奈西那單純的模樣，修迪忍不住跨出一步，站到了奈西跟前。

奈西打量著修迪，莫名感到有點悲哀，理由並不是因爲兩人間剪不斷理還亂的關係，而是因爲修迪比他高。

到頭來，他居然是三人之中最矮的。

「奈西，我的家族等你很久了，我們一直在期盼你的出現，我想你應該知道自己對我們家而言有什麼意義。」

這點奈西當然明白。在王族眼裡，他是爲魔王而生的召喚師，他的存在只是爲了替王族召喚魔王。

「我當然知道，但我不會爲了滿足你們的私欲召喚魔王。」

「不是私欲。」修迪沉聲反駁。「我們要求你召喚魔王，不是爲了自己，而是爲了所有人類。」

奈西愣愣地看著他。

「只要魔王召喚師在，黑暗的時代便不會再臨，殘酷的未來亦不會發生，所以你們的犧牲是必要的。」修迪沉重地吐出這番話，從他糾結的眼神可以看出，其實他對這個論點的正確性仍存有懷疑。

奈西傻住了。他一直以爲自己的用處只是讓貝卡便於征服鄰國，可現在這位王子卻說出意料之外的理由。

「什麼意思？」

修迪掙扎地看了他一眼，最後還是別過頭。「你不必理解，只要照我們說的做就對了。」

「怎麼可以這樣！過了這麼多年，你已經長得比我高就算了，個性還變得這麼差！」原本就因修迪的各種惡劣行徑積怨已久，現在如此重要的問題又被賣關子，奈西終於忍不住抱怨，氣急敗壞地瞪著修迪。「這件事很重要，告訴我又不會怎樣！」

「什——你竟敢說我個性差！個性變差的是你才對吧！這麼多年不見，你居然懂得威脅別人了，還會開口罵人！」

「誰叫你一直觸犯我的底線！」

「那又怎樣！你本來就虧欠我！」

兩人吵來吵去，最終還是不擅長與人爭執的奈西落於下風。他緊抿著唇，氣呼呼瞪著修迪，白皙的臉頰因激動而染上一層淡紅，看起來一點也不凶狠，反而還有些可愛。

當意識到自己覺得奈西可愛時，修迪馬上搖頭甩去這個可笑的想法。

開什麼玩笑，他討厭奈西都來不及了，怎麼會覺得這傢伙可愛？他所希望的，不過是將這個人踩在腳底，當初之所以協助奈西，也只是不想看見對方為了召喚魔王而死。

一旦奈西召喚了魔王，他的復仇之路便宣告終結，這跟他的期待背道而馳，所以他才出手幫忙的。

但是，他卻無法忘掉當時不顧奈西送死的強烈念頭，他發現自己並不如原先以爲的那麼討厭這位曾經的好友。

修迪不知道自己對奈西究竟抱持何種心情，唯一清楚的只有不希望奈西死去這個想法。這種複雜的感覺讓他無比混亂，他明白自己還需要一段時間，才能釐清內心的感受。

托泰戎的「福」，諾爾今天無法享受奈西的召喚，只待了半個小時便回到深淵。爲此他不是很開心，一回幻獸界就擺著一張彷彿踩到兩坨大便的臭臉與泰戎大眼瞪小眼。

「變了，時代眞的變了，堂堂勇者居然收服一隻龍族，實在有辱魔族之友的頭銜。」而泰戎一回來則馬上抱怨，還指著諾爾的鼻子質問：「你身爲勇者的幻獸，爲何不阻止？」

「那隻龍，救了我的召喚師。」諾爾的語氣十分冷淡。「而且又是，召喚體制下的受害者。」

「受害者……」泰戎喃喃說著，神情有些迷茫。對大部分的S級幻獸而言，光是被召喚就已經非常難得，想要體會受召喚體制束縛的痛苦更是難上加難。

這也是幻獸叛亂到最後會不了了之的原因之一，新生代的S級幻獸不明白被召喚的痛苦，自然沒動力帶頭反抗召喚體制。

諾爾也不打算解釋他們這些市井小幻獸的困擾，既然選擇了與人類和平共處的未來，他當然不會沒事挑起幻獸對人類的恨意。

「終於回來了啊，你們兩個混蛋。」一個冷冷的聲音從空中傳來，兩獸仰頭一看，一隻白色烏鴉盤旋而下，落在一旁的雕像上。

諾爾對這隻烏鴉並不陌生，烏鴉王克羅安，魔王召喚師的專屬信使，會在魔王城見到也不意外。

「外面的鹿群都要攻進來了，你們倆還有時間內鬥。」

「他先動手的。」諾爾不滿地指向泰戎。

「誰叫他跟通緝單上的那張臉一模一樣。」泰戎指回去。

「不是說不要內鬥了嗎！」克羅安拍了拍翅膀，嘎嘎怒斥。

諾爾盯著克羅安，又看了看泰戎。面對暗黑四天王之一的泰戎，克羅安竟能毫無顧忌地訓話，看樣子烏鴉王在魔王城的地位肯定不低。

「你，暗黑四天王？」

「……確實有幻獸會以那庸俗的名字稱呼我。」克羅安冷淡地承認。「比起這個稱號，魔王的信使、勇者的助手之類的叫法會來得順耳些。」

這時泰戎似乎想對諾爾說些什麼，但隨即被克羅安狠瞪一眼制止。

諾爾沒有注意到兩獸的互動，在克羅安坦承後，他開始猜想如果告訴奈西這件事會怎樣。

要是讓奈西知道自己早就召喚過暗黑四天王，這名少年肯定會滿臉驚愕，他雖然很疼愛奈西，卻也不介意偶爾調戲自家召喚師。每當看見奈西因爲他的話而慌張無措，諾爾就有種心癢癢的感覺，眞心覺得十分可愛。

克羅安哼了一聲，不太高興地再次開口：「快走，據說神鹿王已經抵達深淵了，再這樣下去我們眞的要完蛋。」

「爲何神鹿會，過來？」諾爾眞想不出魔族到底哪裡惹到這群鹿了。

克羅安嘆息一聲，一面領路一面娓娓道來：「你也知道，魔族就是一種很愛到處在人家地盤開傳送點的生物，理所當然的，神鹿的地盤也有一個傳送點。結果不知道是哪個小混蛋太接近人家，不小心把一隻神鹿給感染了。」

「感染？」

「就是跟你一樣變成魔族。神鹿是自然界的守護神，他們身上的靈氣深深影響著周遭環境，因此神鹿會依據自己的屬性待在適合的地方，維持大自然的活力。而魔族與神鹿正好相反，我們是死亡與寂滅的代表，會讓環境變得死氣沉沉，所以可想而知，如果神鹿被我們感染會變成什麼樣子。」

「……」

「被感染的神鹿失去了存在的意義，被迫離開自己守護的地方。如此悲慘的境遇令那隻神鹿徹底崩潰，四處跟其他神鹿哭訴自己的情況……後來就是你看到的景象了。」

「那群蠢鹿說什麼早就看我們不爽很久，硬要掀了我們的老巢。來呀，誰怕誰！」泰戎握拳怒喝，克羅安投以嫌棄的目光。

「現在要，怎麼辦？」

「我跟佛洛都還在考慮，若能簡單解決當然再好不過，偏偏魔王陛下又——」

「你說什麼！」一個高分貝的尖叫聲從諾爾他們正要進入的房間裡傳出，泰戎用力敲了敲門，裡面再度響起慌亂的驚叫以及大量雜物碰撞的聲音。

最後，房內的幻獸咳了幾聲，用低沉的聲音說：「請進。」

泰戎推開門，眾獸走了進去。

這是間寬敞的書房，書桌上堆滿散亂的文件，四周的地板上也疊滿了各類物品，而在這片混亂中，一名高大的幻獸直挺挺地站在書桌前，雖然看起來想擺出威嚴的樣子，但在諾爾眼中看來比較像在遮掩那凌亂的桌面。

那是一名一看就能肯定是魔族的幻獸，巨大的獸骨面具罩住了整個頭部，可以透過獸骨的眼眶看見面具下的紅色眼睛。這名幻獸約莫兩公尺高，身著灰色法袍，乍看之下有如邪教法師。

灰袍幻獸向旁邊伸手，一名魔族立刻遞上一柄法杖。他盯著諾爾，正經地開口：「抱歉，如此混亂的書房讓閣下見笑了，我立即整理。」

語畢，他用法杖末端朝地板用力一敲，整個空間霎時被一股奇異的力量拂過，所有雜物與紙張如同有自己的意識般飛了起來，不到幾秒鐘便分門別類擺放得整整齊齊。

諾爾好奇地看著灰袍幻獸，他的幻獸朋友們或多或少會些魔法，不過這位看起來就是魔法專家，他是第一次遇到專精於魔法的幻獸。而不知是否錯覺，他總覺得那對紅眼睛也很專注地在打量他。

克羅安飛到那名幻獸肩上，靠在耳邊低語幾句，聽了克羅安的話，灰袍幻獸忍不住高呼出聲：「眞的嗎？他就是新勇者的幻獸？」

「是，但他是——」

不等克羅安說完，灰袍幻獸興沖沖地走到諾爾身前，彎下身子審視。

「多麼漂亮的魔族啊，充滿英氣的容貌，張狂堅硬的角，彷彿天塌下來也不會害怕的沉著表情，更別提還背著一把巨劍！太完美了！想必閣下跟魔王陛下是同一種族吧！」

諾爾還沒回答，灰袍幻獸突然單膝下跪，一手放在胸口，恭敬有禮地表示：「我乃佛洛，魔王陛下的忠實臣子，也是魔族口中的暗黑四天王之一。閣下眞是太完美了，別當什麼勇者的夥伴了，來當魔王吧！」

「……」

諾爾眞心覺得暗黑四天王都很有事。

一個見到他不由分說就砍過來，一個見到他馬上要他當王。而且這傢伙前面不是才說他是魔王的忠實臣子嗎？下一秒立刻另擁其他幻獸為王，到底哪裡忠誠了？

「冷靜，諾爾跟魔王不同種族，他是後天魔族。」克羅安毫不留情地潑了桶冷水。「他是羊族變來的。」

「……羊族？」佛洛的腦袋似乎當機了，他呆呆盯著諾爾的羊角，一時反應不過來。

「我是羊。」諾爾跟著落井下石。

「怎、怎麼可能……」佛洛摀住自己的獸骨面具，暈眩似的半趴在地上。「你說他是羊族變來的？所以他跟陛下沒有任何血緣關係？」

「沒有。」

「完蛋了啊！」佛洛抱頭哀號。「魔王城眞的要毀滅了！」

「你先冷靜一點，魔王那傢伙呢？」克羅安試圖安撫焦慮的佛洛，但下一秒，泰戎的話立刻讓他前功盡棄：「來就來，怕他們嗎！是時候號召我族與神鹿一拚高下了！」

「啊啊啊……我族有多少S級啊……」佛洛無力地喃喃自語。

「你到旁邊涼快去！」克羅安氣急敗壞地揮翅驅趕泰戎。

「魔王怎麼了？」這下諾爾好奇起來。稍早聽克羅安的語氣，感覺魔王出馬應該就有辦法解決，但現在很明顯魔王那邊出了問題。

佛洛猶豫地看了克羅安一眼，見烏鴉王點點頭，他嘆息一聲，無奈地坦白了：「魔王陛下他……不在這。我們的魔王，不住家裡的。」

「……啥？」向來波瀾不驚的諾爾，聽見這驚人的消息也不禁愣了愣。他花了那麼多力氣來到魔王城，沒想到人根本不在家！

諾爾頓時有了回家的衝動。

「他在哪？」想到對奈西的承諾，諾爾只得壓下心中的不滿，不太高興地問。

「一樣待在深淵，不過和魔王城有段距離。我們早就讓烏鴉捎信給他，要他立即趕回來，結果他只回我這句話。」佛洛無奈地亮出一張信紙，上面僅有簡短的一句話。

我肚子痛，趕不回來。

「這什麼鬼啊！」總是鎮定自持的克羅安崩潰地暴露出鳥兒的本性，氣得嘎嘎亂叫，揮翅拍掉信紙：「人家都要打到我們家了，還用這種一看就知道是謊話的爛藉口！都什麼時候了居然給我裝病！」

「魔王能一次解決，這麼多S級？」

「某方面來說是的。陛下擁有相當棘手的能力，足以瞬間擺平任何等級的幻獸……應該啦。」佛洛垂頭喪氣。「現在說這些都是白搭，陛下不肯回家，那些S級神鹿又快攻進來了。雖然魔王城有一定的兵力，但是當年在戰爭中落敗後，許多魔族都灰心喪志地棄城而去了。如今的王沒什麼威嚴，而以目前的局勢來看，加入魔王城也沒什麼前途，頂多能領到穩定的薪水罷了，因此擁有雄心壯志的魔族是不會待在這裡的。」

諾爾忽然明白了為何會一進魔王城便看見徵人傳單。看樣子即使經過千年，魔王城依舊未能從當年的打擊中站起來。

佛洛深深嘆息一聲，搖搖晃晃地爬起身。「沒辦法了，只好把最後一位暗黑四天王推出去，看看能不能擋一下。那傢伙呢？」

克羅安神色陰沉。「我早就通知他過來了，那傢伙不知在搞什麼。要是再不來，我就——」

「我來啦！怎麼這麼多人！在開派對嗎？」書房的門被猛然推開，一個歡快的聲音闖入充滿鬱悶氛圍的室內，諾爾跟其他幻獸一起回頭，相當驚訝會在此處看到這位。

張狂的陰影觸手在地面扭動，黑色的鎧甲包覆全身，來者正是魔族中獨一無二的存在——無頭爵士勒格安斯。

之前勒格安斯曾提過被徵召的事，原來是要回魔王城。想到勒格安斯變態的能力與硬是比泰戎高出一截的魔力需求，諾爾忽然不覺得意外了，毫無疑問，這個奇葩正是最後一位暗黑四天王。

怪不得之前在人間界時，烏德克聽見暗黑四天王這稱號後立刻露出傷腦筋的表情，原來他根本已經收服了一個，而且和泰戎一樣是脫韁野馬。

「咦？這不是諾爾嗎？你來找我玩了！」勒格安斯欣喜若狂，跳下馬朝諾爾撲去。「嗚嗚嗚你終於來看我了！我好想你啊！待在這裡都快悶死了！」

「待在這裡本來就是你的義務！」克羅安氣憤地喝斥。

「你們認識？」佛洛疑惑地看著淡定推開勒格安斯的諾爾。

「那當然！」勒格安斯興奮搶答。「我們可親密了，諾爾是我教的、變魔族是我害的，連受到通緝也是因爲我的關係，對我來說，諾爾就像我家小黑。」

「我是羊。」比起被譬喻成爵士的坐騎，諾爾更在乎自己被拿來跟一匹馬相提並論。

「原來是你幹的好事！」克羅安又崩潰了，他憤恨地猛啄勒格安斯的頭盔。「我還在疑惑誰跟你這麼像，專挑幻獸的亞空間下手，原來根本是你唆使的！」

「他媽的就是你！自己製造麻煩還不夠，還教出另一個麻煩人物！」泰戎也暴怒，拳頭朝無頭爵士砸了過去，勒格安斯迅速躲進陰影中。

「又是你……以爲你終於安分了，才讓你去外面走走，結果又給我惹出大麻煩。」佛洛已經心灰意冷，他倚著法杖，面如死灰，完全放棄數落爵士。

諾爾記得艾斯提好像說過，暗黑四天王是深淵的管理者。但他看了看勒格安斯，再看了看另外三名天王……只能說，很明顯有人是走後門進來。

「他，跟你們一樣，管理深淵？」諾爾指著頸部以上空空如也的勒格安斯，表情就像看見晚餐出現肉排一樣。

「是我們管理他。這傢伙的能力太過逆天，當年他的誕生造成深淵一片混亂，最後是由我們親自出馬收拾他。」泰戎看勒格安斯的眼神有如在看怪物一般，雖然無頭爵士確實是怪物。

佛洛疲憊地嘆息。「爲了讓勒格安斯成爲『正常的幻獸』，花了我們不少時間哪。」

「他確實是管理者之一，我們各司其職。」克羅安正色解釋。「佛洛是深淵的宰相，負責處理國內大小事務。我是文官，負責管理各項資訊。泰戎是武官，統籌魔王城的兵力。而勒格安斯，他──」

「……」

克羅安瞄了爵士一眼，緩緩說：「他是做回收的。」

「他負責回收罪犯，把他們抓來魔王城。任何我們派下的回收任務他都會執行。」

諾爾跟著看了一眼勒格安斯，下了結論：「挺合適的。」

「什麼意思嘛！回收也很重要好不好！」見諾爾一臉鄙視，勒格安斯忍不住抗議。「克羅安他們跟烏德克都很愛我這個能力！」

「……你有想過整理嗎？」怪不得勒格安斯的亞空間這麼亂，搞了半天，他身邊的人與獸都把他當儲藏室，有什麼丟什麼，活的丟死的也丟。就打怪掉寶這點來看，恐怕沒有幻獸的CP值比勒格安斯更高了。

「嗯？爲啥要整理？」勒格安斯顯然從沒想過這件事，也不覺得這樣有什麼問題，他的回答讓諾爾決定放棄治療。

「你有辦法把那群鹿統統吞下去嗎？」走投無路的佛洛異想天開地問。

「你說魔王城外那群包圍我們的鹿？不行不行！」勒格安斯手上的頭盔連忙左右搖了搖。「那些脾氣超差的鹿會把我放在亞空間的收藏品全都毀掉！而且我的亞空間是有辦法逃脫的，諾爾已經證明了這點，那些S級的鹿要逃脫肯定也只是時間的問題。」

「你瘋了嗎？綁架自然界的守護神？」克羅安氣憤地拍了下佛洛的面具。「你想讓我們被圍攻嗎！神鹿可是受到許多種族敬仰的！」

「不能讓他們知道陛下不在魔王城的事，要是被對我們充滿敵意的種族知道，你們都明白會發生什麼。」克羅安接著說，冷峻的聲音讓眾獸冷靜下來。幻獸打群架最忌沒有王壓陣，如此一來勢不如人，很容易落於下風。狩獵乃是幻獸的本能，因此這是每隻幻獸都清楚的事。

神鹿群之所以沒有直接衝進來，也是由於忌憚魔王的存在，魔族的力量不在強悍而在棘手這點，人獸皆知，從千年前的魔王能對勇者施予即便在死後也不會消失的詛咒就能看出來。

「我們不能沒有魔王。」意識到王的重要，佛洛重新認真思考。「既然沒時間去把陛下帶回來，那就找個替身。反正看過陛下真面目的幻獸很少，大部分的幻獸只知道陛下是頭上長角的人形幻獸，只要找到外形相似的就行了。」

「找替身？我們要上哪找像陛下的幻獸頂替——」泰戎說到一半便停下，在場所有幻獸很有默契地看向同一名幻獸。

「……幹麼？」諾爾撇了撇嘴，不太開心地後退一步。

不會吧，這些傢伙還真的想把死羊當活羊醫？

第四章

遠在另一個世界的奈西不知道自家山羊即將被拱上不得了的位子，當他放學準備跟烏德克一起回家時，看見烏德克滿臉納悶。

「怎麼了？」

「剛剛召喚勒格安斯出來，那傢伙居然跟我說他在忙，半小時就回去了。」

「眞的嗎？」奈西大感意外。「那位熱愛觀光的S級幻獸自己說要回去？」

烏德克點點頭。「今天魔族好像很忙，艾斯提說有人要攻打魔王城，所以現在城中亂成一團，剛剛在召喚門另一頭還看見諾爾。」

「諾爾？那個叫泰戎的幻獸沒有欺負他吧？」想到早上的慘劇，奈西連忙問。

「……沒有。」烏德克清楚記得透過勒格安斯的召喚門看到的景象。「你家山羊被四天王簇擁著，似乎有什麼大事要辦。」

「沒問題吧……」奈西擔憂起來，雖然想確認諾爾是否安好，但烏德克又說魔王城陷入危機，這讓奈西也不好在這關鍵時刻把諾爾召喚出來。

「諾爾應該已經見到魔王了，希望他們能好好相處。」他嘆息一聲，換來烏德克皺眉的表情。

「奈西……」烏德克猶豫了一下，最後還是開口：「你不認識魔王？」

「我該認識？」奈西停下腳步，烏德克的神情讓他馬上意識到不對勁。「怎麼了？難道歷代魔王召喚師都認識魔王嗎？」

烏德克的眼神略顯複雜，點了點頭。「也是時候讓你知道了，回去讓你看一個地方。」

「歷代的魔王召喚師一直都與魔王保持密切的聯繫，不過也不是一開始就這樣，差不多是從……五百年前開始，才逐漸形成這個慣例。」

走在席爾尼斯宅邸古老的長廊上，烏德克簡單說明。這件事讓奈西在回家的路上始終心神不寧，他十八歲才回歸席爾尼斯家，已經錯過很多事了，現在這個聽起來相當重要的情報又被他錯過。

他們停在走廊盡頭的一扇門前，烏德克輕輕將手放在門板上，低喃一句：「我乃魔王之友，眞實之門……現形吧。」

話音落下，原本平凡無奇的門彷彿被丟進小石子的池水，表面泛起陣陣漣漪，最後整扇門改頭換面，變成質地高級的精緻木門，門上刻著一排紅色契文。

「怎、怎麼回事……」奈西愣愣地看著突然產生變化的門，刻在門扉上的契文異常惹眼，暗沉的紅色與沉凝的字跡給人一種不可輕忽的感覺。

「這扇門的鑰匙在這道契文所召喚出的幻獸身上，而那隻幻獸……是特殊召喚。」烏德克往旁邊讓開，讓奈西能夠看清楚契文。「他的召喚條件是身上必須具備魔王的契文。」

換句話說，這是一間只有魔王召喚師才能解鎖的房間。

奈西可以猜到這個房間有多重要，既被隱藏起來，鑰匙又在幻獸身上，門後一定藏著有關魔王召喚師的祕密。

「這隻幻獸是E級，魔力需求差不多在C，你大可放心。但是這扇門後面……保存著魔王與其召喚師的所有祕密，一旦接觸到眞相，就再也無法回頭了。」烏德克的語氣十分嚴肅。「即使如此，你仍要召喚嗎？」

面對這個問題，奈西沒有猶豫。他點點頭，將掌心貼在契文上，對烏德克露出堅定的笑。

「我選擇了這個未來，就要承擔它的重量。悲傷也好，幸福也好，無論如何，我都會接受。」語畢，他閉上眼，輕喊一聲：「召喚——」

契文亮起，奈西的身旁浮現一座召喚陣。

一名棕色的羊人從召喚陣冒出。

與諾爾不同，羊人的外貌完全是隻羊，不僅有張毛茸茸的羊臉，手腳也是強健有力的蹄子，唯一與人類相似的地方只有以兩腳挺立的姿態。

羊人留著長長的鬍鬚，身穿灰袍，手握一只懷錶，表情莊重沉靜，就像一名虔誠的神職人員。

「初次見面，魔王召喚師。我乃歷史的紀錄者，人稱『歷史守人』。」羊人朝奈西鞠躬，彬彬有禮地說。

奈西以爲還有下文，但羊人的自我介紹似乎就這樣，讓他有點錯愕。「你沒有名字嗎？而且你、你分明是巴風特啊！」

這是騙他沒看過幻獸圖鑑吧，怎麼看這隻羊人都是鼎鼎有名的魔族支系種族——山羊惡魔巴風特。

「我乃歷史的奴僕，一旦成爲歷史守人，名字與所屬種族皆成爲過去，不再具有意義。若仍是希望有個名字方便稱呼，那麼……就叫鄙人『西克斯』吧，我乃眾多歷史守人之中，順位爲六的守護者。」

羊人的出現令奈西備感新鮮，這是他第一次認識歷史守人。依西克斯的說法，歷史守人應該是個職業，他這才知道原來召喚可以依職業分類，恐怕也因爲是特別重要的職業，才會被召喚協會劃分爲特殊召喚。

西克斯平靜地凝視奈西，嘴角微微上揚，露出和藹的笑容。

「本以爲這輩子不會見到閣下了，看樣子，閣下終究還是接受了自己的命運。

閣下能夠出現在這裡……閣下的父親想必會很欣慰的。」

見烏德克神情複雜，西克斯朝他點頭致意。「請放心，沒有人怪罪你，我們都尊重你的選擇，魔王陛下亦是如此。」

烏德克低低嘆息一聲，也點了點頭。

「現在，是時候讓這份意志傳承給下一代了。」西克斯朝奈西稍稍傾身，在奈西疑惑的目光中伸手抓住他的手腕，猝不及防地以指甲劃破拇指。

「你、你做什麼！」奈西吃痛地收回手，但隨即注意到拇指流下的鮮血竟飄浮在空中，逐漸化爲一把紅銅色的鑰匙。

「此乃房間鑰匙，閣下死後，鑰匙也會隨之消失，請好好保管。」

奈西抓住這把與他是命運共同體的鑰匙，看了西克斯和烏德克一眼，而後轉過身，緩緩將鑰匙插入門上的鎖孔。門鎖被輕易轉開，他輕推塵封已久的木門，走入透著光的門扉後——

踏進房間，奈西瞬間愣在原地。

眼前不是莊嚴肅穆的寶庫，亦不是死氣沉沉的密室，這個被隱藏起來的房間，是間充滿溫煦陽光的書房。

與陰沉的席爾尼斯宅邸截然不同，房間的裝潢採用暖色系，白色格子窗前有一組淺色的木製桌椅，書架上只放了零星幾本書，其餘都被盒子占滿，各式各樣的精緻紙盒被整齊陳列在架上。奈西簡直不敢相信，這間溫馨寧靜的書房竟然保存著歷代魔王召喚師的祕密。

喀一聲，房門自動關上，房內只剩下奈西與西克斯。奈西看了西克斯一眼，西克斯沉靜地表示此處所有東西都可以碰。

「那……那我打開一個來看嘍？」奈西不確定地邊說邊拿下一個盒子，他本來有點害怕盒子裡會不會裝著可怕的東西，但無論怎麼看，這都只是個正常的紙盒，搖了搖還有細碎的聲響。他緩緩打開盒子，裡頭跟他想像的大相逕庭。

紙盒裡放著一疊書信。「信？」

他萬萬想不到是如此普通的東西，這些信的保存狀態十分良好，只有微微的皺褶而已，他隨意拿起幾封，信封上皆沒有署名。他有些良心不安地打開其中一封，取出數張寫得滿滿的信紙。

致　賽留斯

你上次寄給我的撲克牌我已經收到了，真的有很多種玩法！我跟朋友們正樂此不疲地研究著，謝謝你的禮物，超級適合殺時間。

才看了第一段，奈西就無言了。繼續看下去，內容全是關於撲克牌的玩法，完全跟機密兩字無緣。他又讀了下一封信，內容換成討論食物，最後看來看去好像沒有一封信是正經的，每一封都在閒聊，每一封都是一個叫雷德狄的人所寫，且收件者全是賽留斯。

雖然偷看別人的信不是好的行爲，但發現內容幾乎都是在閒談後，奈西緊繃的神經不自覺放鬆了下來。他仔細地將所有信放回盒子封好，再度取下另一個盒子，這次開頭出現的名字不一樣了，不過結尾的署名依然是雷德狄。

這個叫雷德狄的人似乎很喜歡找樂子，尤其熱愛靜態遊戲，舉凡撲克牌與各式各樣的紙牌遊戲，以及類似角色扮演的桌上遊戲等，他都十分有興趣，常常可以長篇大論好幾張信紙。從名字來看，雷德狄應該是個男性，他非常能聊，什麼事都可以扯，而這次與他通信的人是女性，信中比較多是在分享他們身邊發生的事。

致　莉絲

無論我怎麼說明，有些魔族仍不肯相信我的話，尤其是佛洛那一族。佛洛的種族住在深淵的邊疆地帶，他們戒心很強，不怎麼與其他魔族交流，但也因此擁有獨特的民族文化，妳之前說過佛洛死都不肯拿下獸骨面具，那是因爲面具之於他就像……嗯，人類的衣服？對他們來說，露出臉是十分羞恥的，所以除非是面對伴侶或非常信任的對象，否則他們絕對不會拿下來。

不過他們可以換面具，佛洛的種族能夠化成獸態，我想這點妳已經知道了，可是妳應該不知道，他們會根據頭骨的種類幻化成不同的形態，如果是戴龍的頭骨，就會幻化成龍，如果戴豬的頭骨，就會化成豬。很有趣對不對？他的一些族人以換頭骨爲樂，妳下次如果找到新鮮的頭骨，可以問問佛洛要不要。

雖然在很多召喚師眼中，他們是邪教法師，然而在深淵裡，佛洛一族的存在比較類似德魯伊。他們鑽研黑魔法，魔族之氣越濃厚，他們使出的魔法便越強，妳如果想提升佛洛的攻擊力，可以召喚魔族之氣濃厚的魔族配合。扯遠了，總之，他們那一族可說是目前最棘手的對象了，縱使我極力宣揚你們勇者的好，他們仍對人類抱持深深偏見，像佛洛那樣的幻獸終究是少數……

讀完這封信，奈西頓時對這名叫佛洛的幻獸非常感興趣，可惜這封信不知是多久以前寫的，佛洛或許早已不知去向了。

而他也從信中看出來，雷德狄相當努力地想扭轉魔族對人類的印象，每一次的信件幾乎都洋洋灑灑訴說著相關進展與各種想法，但雙方的最後一封信內容卻十分簡短。

致　莉絲

明天就要跟妳見面了。

我不曉得該說什麼……對不起，雖然妳告訴我過很多次，要我別道歉，要我別放在心上。

但是，我不可能不介意的。每一任魔王召喚師都在我心中留下深刻的印象，即使有些人這輩子我只見過一次，可是他們的筆跡、他們發生過的事、他們的個性……全都透過信件鮮明地保存下來。

我能做的只有收好這些信，留住你們存在過的證據。

佛洛昨天來找我喝酒，他哭得很慘，我卻無法給予像樣的安慰。千年前的魔王乃是精通詛咒的幻獸，這個領域我並不了解，對於這個詛咒完全無能爲力。

近年來我看了許多關於詛咒的書籍，也向佛洛的族人求助過，無奈那位魔王的能力跟我的能力一樣，是天生的，無人找得到破解之法。

我只能無助地看著你們爲了召喚死去，一次又一次……

看到這裡，奈西終於確定了雷德狄的身分。

「魔王……」他低喃出這個頭銜。

他一直想了解這名幻獸，如今終於得以實現。

名爲雷德狄的魔王，一直是魔王召喚師的友人，想爲他們解除詛咒。

但奈西立刻想到諾爾提過如今的魔王是第三任，於是他抬頭詢問身旁的西克斯：「這位叫雷德狄的魔王是第幾任？」

「第三任，就是現任的魔王陛下。」西克斯朝他傾身表示。「雷德狄陛下與魔王召喚師通信已有五百年之久，陛下一直致力於改善魔族對勇者的印象，也因此才有今天。」

確實，奈西感覺得到魔族對他們的態度都很親切，上至S級下至E級皆將勇者一族當成朋友對待，早上泰戎更是被艾斯提說一說就交出自己的契文了。若非面對信任的對象，幻獸不會輕易交付等同於自身命脈的契文，然而對魔族來說，席爾尼斯家例外。

「爲什麼……明明我們……那麼的……」信中的字句是如此誠懇，眞心爲勇者一族著想，看得奈西心都痛了。他放下信紙，悲傷地問：「幻獸的叛亂直到三百年前才正式宣告終結，魔王一定也有爲此出力吧？因爲我們，他才會成爲葬送幻獸未來的幫兇，爲何他還能這麼心平氣和地對待我們？」

「這件事恐怕得親自詢問陛下了。閣下乃是魔王召喚師，有陛下的聯絡方式。」

「我？我要怎麼跟他們一樣和魔王通——」奈西說到一半，話便硬生生地卡在喉頭，因爲他忽然想起一件事。

「克羅安！」他臉色大變，樣子活脫脫像是與朋友約好見面，卻在約定時間過後好幾個小時才想起來那般的驚恐與懊惱。

「是克羅安啊！他、他的契文肯定就是雷德狄寄給我的！而我竟然——噢天啊……」他抱頭低吟。這事都過去多久了？應該至少半年了，人家好心送他一隻王的契文，他直到現在連封信都沒回！

多虧克羅安，他才能順利救出烏德克，可這件事卻被他忘記了。

奈西趕緊把信收回盒子裡，三步併作兩步走出書房。雖然探究眞相很重要，但已經發生的事實不會跑，眼下先回信才是最要緊的，人家都不知等他回覆等多久了。

此時此刻，在遙遠的幻獸界深淵，一群魔族正急著爲被奈西認定是大好人的魔王收拾他不肯收拾的爛攤子。

「我們的魔王陛下是個好人。」佛洛一邊爲諾爾整裝，一邊喃喃低語。「但也僅止於此而已，他作爲一個王實在差強人意，雖然大家都習慣了。魔王繼承者的遴選向來沒有特定標準。我們的選王方式是由上一任魔王指定，雷德狄陛下在小的時候就被先王指定爲繼承者，儘管他並不想當王，不過先王對他的能力情有獨鍾，堅持要他繼承金色契文。」

「什麼能力？」諾爾問完，對鏡中的自己皺了皺眉頭。

「對任何有壽命限制的生命來說，都非常可怕的能力，雖然不帶任何殺傷力，但就連龍王也要敬畏三分。」說到這裡，佛洛苦笑出聲。「可能力再逆天又能怎樣？我們已經輸了。生在輸家的世界，無論擁有多麼強悍的力量，都只能淪爲召喚體制的奴隸。」

諾爾不禁轉頭看向佛洛。他以爲像暗黑四天王這種S級幻獸應該不會對召喚有感觸才對，畢竟他們久久才被召喚一次，即使受到召喚，也多半有能力抵抗召喚師的控制。

「很久以前，我跟你一樣有個魔王召喚師主人。你知道的，魔王召喚師都很短命，他們總有一天會被當成祭品，以和平之名落入死亡深淵。如果沒有詛咒，就不會有犧牲，問題是沒人解得開詛咒，所以我只能眼睜睜看著我的召喚師爲了人類口中虛僞的和平犧牲，無能爲力。」佛洛的語氣迷茫，獸骨下的雙眼望向遠方。

「席爾尼斯家的召喚師各個都是笨蛋，諾爾。只要這個世界還有需要守護的人在，他們便不會退縮。」

諾爾垂下眸光，他沉默良久，最後堅決地一字一字說：「我不會讓那種未來發生。」

爲了和平？爲了正義？這些口號聽在幻獸耳裡都非常可笑。

人類所謂的和平是所有幻獸的噩夢，爲了確保自身安全而箝制他們幻獸，如此殘忍的手段早就不適合這個時代。

「我們嚮往的和平，不是靠犧牲誰，取得。他清楚，我也清楚。我不會，讓他傻傻被利用。」

佛洛盯著鏡中那名英氣逼人、眼神滿溢著堅定的羊角魔族，嘴角不自覺勾起微笑。

「那就讓我看看那樣的未來吧，我不想再見到哪個魔王召喚師又爲此犧牲了。」他摸了摸自己的頭骨面具。

諾爾點點頭，轉過身，背對著鏡子緩緩走下臺階，回到大廳。當他打開大門時，聚集在廳堂的魔族們紛紛發出驚嘆。

「哦哦哦眞的好像啊！你跟雷德狄根本是親戚吧，諾爾！」勒格安斯興奮地在諾爾身旁繞來繞去。

「很好，這樣應該能瞞過那群蠢鹿，他們絕對不可能想到我們會拿一隻A級山羊充數。」

「還挺有模有樣的。」泰戎也忍不住稱讚一句。

被佛洛稍微裝扮過的諾爾，如今披著一件厚重的白毛滾邊披風，身著黑色軍裝，背後的劍也被換成高檔貨，再加上那彷彿天塌下來也能撐著的沉靜眸光，整個人看起來威嚴而強勢。

「你比雷德狄還像魔王，要是雷德狄有你百分之一的氣勢就好了。」克羅安停在諾爾肩上仔細端詳，越看越滿意。

「……」諾爾很好奇這個叫雷德狄的魔王到底有多不像樣。

不過無論看起來假扮得有多成功，諾爾還是只想趕快脫掉這套衣服。他現在裹的不是自身的羊毛，平日不離身的白毛圍巾也被佛洛塞到亞空間裡，諾爾覺得自己就像一隻被抓進馬戲團的羊，不但被迫剃掉原有的毛，還得換上可笑的人造衣裝，這讓他渾身不對勁。

他抖了抖身子，回頭望了佛洛一眼，語氣有些哀怨：「不能圍圍巾？」

「不行！」佛洛嚴肅地駁回。開玩笑，他好不容易把諾爾打扮得這麼有氣勢，要是圍上那條軟綿綿充滿治癒感的圍巾，一切就毀了。

「現在只要祈禱這段時間別有人召喚你就好了。如果眞的被召喚了，記得告訴對方你在忙，要人家趕快送你回來。」佛洛焦慮地搓了搓手，不斷注意諾爾的四周，生怕一不留神便會出現該死的召喚門。

「話說佛洛，這把劍不是收在藏寶庫的傳說之劍嗎？」克羅安盯著諾爾背後的巨劍，蹙起眉頭。「這可是經過協會認證，過門需要額外付出魔力的劍。你確定諾爾帶著這把劍被召喚不會死人？」

聞言，諾爾臉色一變，立即要把劍拿下。

「不不不！別拿下來。」佛洛連忙制止。「別擔心，這把劍跟克羅安的魔力需求差不多，都一樣沒什麼感覺——」

待在諾爾肩上的烏鴉王似乎被踩到了痛處，氣得毛都豎了起來。

「你再說一次？」克羅安發出尖銳的叫聲，還張開翅膀，試圖讓自己看起來更加駭人，儘管跟周圍那群S級魔族比起來實在不怎麼可怕。

但這個威脅成功把佛洛嚇得閉上嘴巴，另外兩位天王也很識相地不說話，讓諾爾不禁好奇克羅安究竟需要多少魔力。他記得奈西上次一口氣召喚他、霍格尼、伊娃，再加上克羅安都沒事，甚至還有多餘的魔力偷渡幾隻小烏鴉。

「你哪級？」

「這不重要！」

見克羅安一副死都不肯說的樣子，諾爾只好聳聳肩打消念頭。不過既然魔力需求跟克羅安差不多，他應該就不用擔心了

「又是召喚陣！我們現在沒時間幫召喚師解決那些芝麻綠豆的小事，叫他趕快送你回來！」克羅安把氣出到忽然出現在諾爾頭頂的召喚陣上。

勒格安斯開心地高舉雙手。「我！我可以代替諾爾——」

「你閉嘴。」

為了防止勒格安斯跟著混過門，諾爾立即跳進召喚陣，然而他才剛落地，便聽見對面的召喚師哀號一聲，吐血倒在地上。

「召喚師大人！」

「召喚師您還好嗎？」

「來人啊！召喚師大人魔力透支了，快找醫生來！」

「……」

諾爾默默把傳說之劍收進亞空間，假裝人不是他殺的。

看樣子，下次被奈西召喚前，還是先把傳說之劍扔下為妙。

由於很快就把召喚師弄昏，諾爾不到幾分鐘便回歸了，可在他回來後，換成克羅安不見了。

「S級以下的幻獸怎麼那麼忙啊！」泰戎不耐煩地說。「動不動被召喚，你們不煩我都煩了。」

「……」諾爾忽然覺得，去建議烏德克多召喚泰戎出來是個不錯的主意。

「克羅安應該等等就回來了，他是王，被召喚到的機率比較低，召喚他的人八成是魔王召喚師。」佛洛猜測。

得知剛好與奈西錯開，諾爾不太開心地微微垂下嘴角。要是召喚陣再慢個幾分鐘出現，他就可以跟克羅安過去玩了。

不過克羅安不在也有好處，諾爾趁機問了在場的幾個天王：「克羅安到底，什麼等級？」

「我不敢相信他一直沒跟你們說！」彷彿忍耐許久，佛洛高呼一聲，連聲說道：「他C級啊！C級！我們三個全都S級，只有他C級！」

「C級很好啊！可以常常被召喚耶，克羅安為什麼那麼介意？眞是莫名其妙。」勒格安斯完全不理解克羅安有什麼好不滿的。

「不得不說C級眞是超尷尬的，他如果是E級至少還有遐想的空間，C級就是赤裸裸告訴大家『我很弱』了。可是沒辦法啊，克羅安會嚇人，所以被判定有戰鬥能力。」佛洛滔滔不絕起來。「協會本來打算判定為D級，不過克羅安眞的很有實力，如果別拿他去戰鬥的話，會是很有用的幻獸，再加上他又是個王，考慮到別讓他太沒面子，就給他C級了，但還是很尷尬。畢竟他是魔王城的管理者之一，又是人稱四天王的傢伙，這個等級不管怎麼看都跟他的身分不匹配。」

諾爾點點頭，大致了解了原因。想想也是，三個同事各個長得牛鬼蛇神，且統統都S級，就他C級還小小一隻。

克羅安跟血麻蜂女王妃妮亞一樣屬於特殊能力型，召集的手下越多越強大，上次也是多虧克羅安變態般的心靈感應能力，他們才得以在宮廷穿梭行走。經歷過那場騷動後，諾爾真心覺得克羅安作爲暗黑四天王當之無愧，只不過這個等級……真的如佛洛所說，不如判定爲E級還好一點。

諾爾不知道這四名管理者發生了什麼事，好好的四天王等級卻出現一個超級大斷層。

此時，諾爾的頭頂又出現召喚陣，在他以爲自己又要去當免費勞工時，克羅安從召喚陣中冒了出來。

「幹什麼？」一回來見到所有幻獸全盯著他，克羅安不太自在地拍了拍翅膀。

「沒、沒事。回來就好，我們繼續吧，是時候讓外面的魔族之氣散去了——」

「對啊沒什麼事！絕對沒有在討論你的等級！放心啦！」佛洛邊說邊拿起法杖，這時勒格安斯開口了。

「……」

諾爾明白爲何這些人只讓勒格安斯去做回收了。

第五章

在大廳發生烏鴉抓狂慘劇，每個人都被猛啄了好幾下後，任務終於得以繼續。

佛洛來到陽臺，高舉自己的法杖，有如召喚師一般，他的腳底浮現一圈魔法陣，杖頂發著光。這類魔法在人間界幾乎已經失傳，召喚術興起之後，其他派系的魔法便逐漸式微。

諾爾猜想得到失傳的原因，要成爲一個優秀的魔法師必須具備龐大的知識量，並且得不斷地磨練技巧，但若一個簡單的召喚就可以把擁有數百年經驗的魔法師召喚出來，那爲何人類還要學魔法？

現在幾乎只剩下幻獸還懂得魔法，而諾爾看得出來，佛洛擁有相當優秀的技藝。只見佛洛口中念念有詞，杖頂的光芒一瞬亮如白晝，接著，圍繞在魔王城的魔族之氣逐漸散去，深淵的景色清晰起來。

遭到神鹿入侵的深淵就像雨過天晴的世界，數道光芒從烏雲的隙縫間射下，爲此地帶來光明。但這種宛若劫後餘生的希望場景絕不是魔族樂見的。

泰戎嫌惡地伸手擋住陽光，樣子活像被老媽從髒亂臥房拖出來的小孩。「那些蠢鹿是想淨化這裡嗎？也他媽的太多此一舉了。」

諾爾走向陽臺，吸了一口久違的新鮮空氣，滿足地長吁一聲。他是後天魔族，沒有那麼依賴黑暗，再加上前身又是喜歡晒太陽的羊族，對於清爽的環境可說是適應良好。

這清新的氛圍讓他想到家鄉艾爾狄亞，雖然現在的他不再被過去所束縛，但所有事情結束後，他想回家一趟看看，那裡依舊是他深愛的故鄉。

思鄉之情彷彿帶來了力量，諾爾定了定神，轉身回到空曠的大廳，坐上空著的王座。

他注視眼前冷清的大廳，忽然可以理解魔王的心情。

如果突然被拱上來當魔王，他肯定也會不知所措吧，畢竟這個身分必須背負許多重擔，同時命運也深深與勇者家綁在一起。

說不定魔王就是無法承受一切才逃跑的，雷德狄肯定跟他一樣是隻平凡的幻獸。

一聲響徹深淵的鹿鳴傳來，諾爾從陽臺望出去，遠遠瞧見一個五顏六色的群體朝這裡飛來，很快，各具特色的神鹿便聚集在陽臺前。

一隻身上披滿綠草的神鹿來到鹿群最前方，就在諾爾以爲這隻是神鹿王時，綠草鹿恭敬地低下頭，前腳半跪，一名男子隨即從他身上跳下，輕盈地落在陽臺欄杆上。

男子有著清澈的綠瞳，容貌英俊無比，淺咖啡色的髮絲長至腳底，輕薄飄逸的白色紗衣隨風飛揚，隱隱展露出底下精壯的身材。而最惹人注目的是他頭上那對曲線優美的鹿角，角上可以隱約看見木紋，還生著翠綠的枝葉。

「魔王陛下已接受諸位的請求，正在大廳等候。」佛洛客氣地朝男子鞠了個躬，向一旁讓開。

神鹿王哼了一聲，跳下欄杆以穩健的步伐踏入廳中，體積龐大的神鹿們也紛紛化為人形跟了過去。這些屬性各異的鹿即使變成人形，依舊保有各自特點。

神鹿王走到王座前方，與諾爾隔了一段距離。他不屑地打量在場的魔族們，表情像是看到過街老鼠一樣。

他還以為魔王是個膽小鬼，因為除了被人類召喚以外，魔王從不在其他種族面前現身，甚至有傳言說魔王根本沒在管事。結果這傢伙不是好好地在王座上嗎？

面對他們這群神鹿大軍，神祕的魔王面不改色，氣息低調而沉靜，眼中蘊含著彷彿天塌下來也不會動搖的堅毅。肩上有隻雪白烏鴉的魔王，帶著冷靜的神情掃視鹿群一圈，而後無懼地對上他的目光。

神鹿王瞄了眼分別站在王座前方兩側的兩名幻獸。左側是臉上寫滿敵意的灰色巨人，背上背了兩把巨劍，一對凶惡的眼直盯著他，氣勢逼人；右側是全身漆黑、和駿馬靜靜站在那裡的無頭騎士，騎士一手抱著頭盔一手放在腰間的配劍上，頭盔也顯然朝向他這邊。

「我想，魔王應該很清楚我來的原因。」神鹿王哼笑一聲，雙手環抱在胸前，趾高氣昂的模樣讓泰戎差點衝上去砍一刀。「閣下的族人至今爲止造成多少幻獸的困擾，這點閣下應該不會不明白？」

諾爾還以爲拐彎抹角是人類獨有的說話方式，結果連神鹿王也來這套。他面無表情回應：「有話直說。」

「眞是開門見山啊，好吧。」神鹿王攤手。「我想你已經知道我族有被你們感染的受害者，說實話，你們的特性早就讓許多幻獸看不順眼，這次居然還感染了我們這群被稱爲守護神的幻獸。爲了防止這種事再度發生，我們來只有一個要求——封閉所有傳送陣。」

諾爾不禁蹙起眉頭，他看了站在鹿群身後的佛洛一眼，佛洛搖頭搖得都快扭到脖子了。

諾爾當然也不希望事情演變至此，若是接受這個要求，便意味著深淵將淪爲與世隔絕的狀態，畢竟傳送陣是魔族與外界唯一的聯絡管道。而且如果關閉了，諾爾也無法回到艾爾狄亞了。

他看了一眼神鹿群，這群鹿很明顯是來踢館的，要是不答應，恐怕這些幻獸就會攻擊魔王城。

不過話說回來，這神鹿是流氓嗎？其中一隻被欺負，就全族攜家帶眷闖到人家地盤來？有沒有這麼誇張。即便神鹿跟龍族一樣天生是強悍的幻獸，應該也知道魔族同樣不好惹吧？尤其這裡又是魔族的地盤，眞要開戰的話，兩敗俱傷恐怕免不了。

諾爾開始懷疑神鹿王的眞正來意。

「你明知我們，不可能答應。所以才帶，那麼多鹿來。如果你明理，才不會爲了這點事，打爆我們。」諾爾直率到讓佛洛險些暈過去，在後面不斷比手畫腳，但諾爾完全無視，直盯著神鹿王。「你們到底有，什麼目的？」

這番話讓神鹿王啞口無言，他沉默了一下，最後低笑出聲。

「哈哈哈……我還以爲魔王是個懦夫呢，原來如此膽大包天啊。」

聞言，泰戎瞬間拔出劍，卻被諾爾一個手勢擋下。

多麼渾然天成的王者姿態！

佛洛才剛發暈，又立刻被諾爾的霸氣驚得瞬間清醒。幻獸界的生存法則是弱肉強食，許多幻獸都會對強大的幻獸感到畏怯，可是諾爾完全沒有這種情況。明明是A級，面對金色契文的S級敵人依舊神色自若，還很自然地把S級的同伴當部下對待，這得要有何等的厚臉皮與淡定才做得到！

「看在你這麼直接的分上，我就老實回答吧。」神鹿王的目光不再帶著彷彿在看低等生物的輕蔑，他饒富興味地打量諾爾，緩緩開口：「你們魔族與人類十分親近，同時也是幻獸界立場最鮮明的種族之一，至今戰爭已經結束千年，如果可以選擇，你們會選與人類和平共處的未來是吧？」

諾爾看向佛洛，佛洛堅定地點點頭，於是他也對神鹿王頷首。

「我們神鹿是大自然的守護神，遵守著世間的自然循環規律，不僅我們，整個幻獸界的幻獸都是如此，所以這個世界才得以欣欣向榮。然而人類不同，他們是一群不知節制的生物，欲求永無止盡，這點你們應該最清楚。」神鹿王意味深長地說。

諾爾當然明白他的意思，在這個人類占盡優勢的時代，根本不需要用到像魔王這般強大的幻獸，可沒有人在乎這點，也沒有人在乎魔王與勇者的感受，只要契文現世，魔王召喚師就必須犧牲自己。

「儘管如此，你們仍期盼和平的未來，這是我們最不能理解的。不過無論如何，既然你們的選擇如此，那我們就是敵人。」

諾爾微微皺眉，神鹿王繼續說下去：「幻獸與人類有著根本性的不同，在某些事情上永遠無法達成共識。如果一切眞如你們所希望的發展，那麼人類恐怕會入侵我們神聖的領地，甚至令一些幻獸滅絕。你明白嗎？爲了阻止這個悲劇——」神鹿王的表情陰狠起來。「我們會消滅所有可能導致這個未來發生的因子。魔族立場鮮明，又擁有能感染他族的特性，太危險了。如果只是一兩隻低階幻獸還好說，但如果是S級，特別是像召喚協會十大議員這樣具備特殊地位的存在呢？誰敢保證不會發生什麼事？」

諾爾靜默不語。

「所以啊。」神鹿王笑了，他揚起手，身後所有神鹿隨之擺出備戰姿態，蓄勢待發。「我們是幻獸界的守護神，爲了守護這個世界，必須打壓魔族的勢力才行。你們不同意我的提議也沒關係，只要一定程度地削減你們的種族數量，幻獸界便又能撐個好幾百年。」

他的話大大冒犯了在場的魔族們，只見除了諾爾以外的魔族都拿起武器，氣氛劍拔弩張，連佛洛也放棄溝通，將法杖指向了神鹿群。

在這場衝突中，諾爾可說是最理智的，過去的經歷造就他如今的冷靜。

他有一個善良的召喚師，那個人讓他找到活下去的意義，也讓他體會到召喚的美妙，但同時，他也被其他召喚師虐待過，並認識像神鹿王這般憎恨人類的幻獸。

他能理解兩方的立場，這件事沒有誰對誰錯，大家都是爲了自己的信念而活。

在魔王城危急存亡之際，諾爾掃視在場的幻獸們，最後目光落到神鹿王身上。

他維持著一貫的淡定神色，沉聲開口：「你聽過，唯一的召喚師嗎？」

「……什麼？」

緊繃到連空氣都彷彿要爲之凝結的場面，因爲諾爾的話而出現一絲裂痕。陰狠笑著的霸氣神鹿王僵住了，其他幻獸也沒想到諾爾會天外飛來一筆突兀的發言，紛紛將視線投向他。

「唯一的召喚師。」諾爾像是以爲神鹿王沒有聽清楚似的，又重複一次。

「那是幻獸夢寐以求的存在。每一次被召喚，都會期待是那個人，即使受契文制約，心也依然向著，那個召喚師。只有那個召喚師，就算不用契文命令你，你也會，不由自主去保護他。」

「……那是什麼鬼東西？」神鹿王露出嫌惡的神色。「眞不敢相信這話會從你這個金色契文的王口中說出。所以呢？這就是你們支持和平的理由？爲了那一個人，不惜拉自己的故鄉陪葬？」

「不是這樣。」諾爾嘆了口氣。「人類與我們，確實，有根本性的不同。但這不意味著，我們只會被侵略。與不同的生命接觸，有時候能，得到更多。我的召喚師，教會我，人類的情感。也教會我，如何去愛。我的世界被他入侵，但，這是壞事嗎？」

想到那彷彿能治癒一切的笑顏，諾爾不禁揚起笑意。

「與人類交流，固然有，不好的地方。可是如今，這個世界有很多幻獸，都在期盼著，與自己唯一的召喚師相遇。因爲他們了解，另一個世界的羈絆，能讓他們，獸生更加圓滿。」

諾爾直盯著神鹿王的雙眼，堅定地表示：「這件事，即使你們，打壓我們的勢力，也無法阻止。只要召喚體制還在，人類與幻獸的羈絆，就會越來越深。」

他的話讓神鹿王沉默了。

「哈哈，瞧這些傢伙一臉蠢樣就知道他們不懂啦。」勒格安斯輕挑的嘲弄馬上引來群鹿的怒視。「被召喚可好玩了，前往完全不同的世界，與風俗文化與自己不一樣的種族交流，這不是很有趣的事嗎！」

「他們太少被召喚，當然不明白。」克羅安靜靜開口。「你們眞該多花點時間了解下層幻獸的情況，聽聽他們對人類是怎麼想的。」

諾爾點點頭，拋下最後一句：「能眞正改變幻獸想法的，不是我們，而是召喚。」

神鹿王的臉色轉爲陰沉，神鹿們則心生動搖。正如克羅安所言，他們太少被召喚，以至於不清楚現在的狀況，他們關心的是幻獸界的生態平衡，倒是從未考慮過人類與幻獸間的平衡。

原本蓄勢待發的一隻隻神鹿在思考中逐漸露出複雜的表情，氣焰蕩然無存。

良久，神鹿王才緩緩開口：「不管你怎麼說，我們還是不會改變想法的。」

他抬起頭，眼神堅毅，一字一句清晰地說：「這個世界上，總要有人爲最壞的結果打算。如同當年我們寧願賣身也不願意讓出土地一樣，即使時代變遷，我們也絕對不會與其他世界的居民共享這塊樂土。」

「走了。」神色冷峻的神鹿王一揮手，率領神鹿們離開。原本鬥志滿滿的他們被諾爾說得滿心鬱悶，但這番話確實沒錯。

即使滅了魔族也無法改變所有幻獸的想法，眞正能做到這點的，是召喚他們的人類。一旦明白了這個道理，還執意攻擊魔族的話，簡直像是硬要找個對象出氣似的，實在有辱神鹿的自尊心。

神鹿王躍上陽臺欄杆用力一蹬，飛了出去。下一秒，刺眼的白光照亮整個深淵，一隻巨大的神鹿出現在魔王城上空，從大廳看去竟只能看到背部。

神鹿王長鳴一聲，飛向高空，他的身軀幾乎跟整個魔王城所涵蓋的領地一樣大，披著漂亮的土色毛皮，背部生滿千百年的神木，白色的木紋鹿角上攀附著無數藤蔓。在數道微光落下的深淵裡，這神聖而美麗的身姿幾乎讓底下的魔族全看呆了。

諾爾來到陽臺，目送鹿群飛入雲層中，目光不自覺地飄往遠方。

若是在四年前，他可能做夢也想不到自己有朝一日會與這些S級幻獸打交道，但遇見奈西後，他所認識的人與幻獸越來越多，足跡踏過的地方也越來越廣。

他曾經以為S級離自己很遙遠，也壓根不想與他們一拚高下。然而有了重要之人以後，他知道自己必須去面對。

如果沒遇上奈西，他至今或許依然在艾爾狄亞過著平凡的幸福日子，可是如今既然選擇了與奈西並肩同行，那他就得承擔起未來。無論是要與S級對峙，還是假扮成魔王，他都會盡力而爲。

「還以爲要打起來了，沒想到能不費一兵一卒解決這件事，你做得太好了，諾爾！」佛洛走過來，興奮不已地拍了拍諾爾的肩。

「他們完全沒發現。」克羅安也覺得不可思議。「我還以爲你那明顯是庶民幻獸才可能有的論調會引起他們懷疑，結果居然瞞過去了。」

「太好啦，好險走了，不然如果你們叫我吞那個神鹿王，我的亞空間說不定會撐爆哦。」勒格安斯跟著走到陽臺，看著神鹿王異常龐大的身軀搖了搖頭。

「哼，滾了就好，永遠不要再來。再讓我見到一次，絕對砍死他們。」泰戎惡狠狠地說。

在神鹿消失後，烏雲再度掩蓋深淵的天空，讓魔族重新回到黑暗的懷抱。諾爾看了身旁的四天王一眼，輕聲嘆息。

他只是想找魔王而已，結果又扯上那麼多事。現在好不容易解決，總該讓他見王了吧？

砰一聲，廳堂的大門被猛然打開，眾獸回頭一看，只見一名穿著整齊的骷髏慌慌張張地衝進來。

「神鹿呢？他們走了嗎？」艾斯提掃視大廳一圈，驚恐地問。

諾爾點點頭。

「不！」艾斯提晴天霹靂，跪到了地上。

他嗚咽幾聲，以哀傷的語氣說：「我原本還想抓一隻鹿去恢復烏德克家花園的生機啊……現在沒得抓了……」

「……」

第六章

「呃……沒關係啦，我、我再請伊娃想辦法就好了……」

場景回到人間界，奈西看著一臉沮喪的艾斯提，尷尬地勸慰。堂堂自然界守護神被召喚出來，就只是爲了讓席爾尼斯家貧瘠的花園重現生機，這應該會讓那些自尊心極高的神鹿氣壞吧，他可不想無端招惹他們。

不過得知諾爾成功解決了魔王城的危機，奈西感到很開心。他的主力幻獸是一名即使面對一群S級幻獸也面不改色、成功拯救了魔王城的勇者。想到這點，難以言喻的自豪充盈了奈西的內心，讓他忍不住露出笑容。

從克羅安口中聽聞這件事時，他還十分緊張，要是諾爾被拆穿了，絕對會被神鹿攻擊，想不到諾爾的表現異常出色，成功憑藉毫無花巧卻發自肺腑的言論勸退了鹿群。

「諾爾應該累了吧，讓他休息好了，我召喚其他幻獸出來。」此刻奈西站在自家大宅前，身穿黑色的召喚師袍。

方才他向烏德克報備自己要出門一趟時，烏德克交給他一件嶄新的合身黑袍。身爲席爾尼斯家的成員，在學校以外的場合都要穿著這件黑袍。烏德克一邊爲他穿上，一邊以溫和的語氣告訴他這點。當奈西看著鏡中的自己時，心中也和獲悉諾爾拯救了魔王城時一樣，充滿自豪感。

著名的召喚師家族所穿的召喚師袍皆有統一顏色，如今他也跟修迪和伊萊一樣，必須穿著特定色彩的袍子出現在公眾場合了。雖然沒辦法再選擇自己喜歡的顏色，但這種歸屬感讓他的心被填得滿滿的。

「伊娃。」奈西低喊一聲，肩上隨即浮現一個小型召喚陣，嬌小的粉色妖精飛了出來。

「奈西西，艾斯提。」伊娃甜甜地笑著跟兩人打了招呼。

艾斯提伸出手，伊娃很自然地飛到那慘白的指骨上，讓艾斯提摸摸頭。

「妳眞是一天比一天漂亮了啊，幸好是使魔，不然眞擔心哪天會被綁架。」艾斯提感嘆一聲，他從沒見過生得這麼精緻漂亮的妖精，伊娃的模樣即使在四處都是妖精的水都，也足以讓人驚豔。

「綁架我要有被毒死的準備呢，嘻嘻。」少女嬌笑，天眞卻又殘酷的發言讓奈西忍不住捏了把冷汗。越是漂亮越是致命，這個道理用在幻獸身上再適合不過。

「也是，大概只有人類感覺不到妳的危險。」艾斯提頗爲贊同地點點頭。

在他們談天時，奈西攤開了魔導書，翻到最新一頁，纖細的指尖落到契文上。

「召喚，魅惑之蛇亞蒙。」

此話一出，立刻引起在場兩名幻獸的注意，奈西身旁的地面浮現一座召喚陣，高大的蛇男飛躍而出。

「噢？」亞蒙一出來，即便看不到也很快確認了狀況。他搔搔頭，微微蹙起眉。

「好久沒聞到這麼多樣的味道了……召喚我的是上次那個小勇者對吧？還有好像很毒的蝴蝶，以及……」蒙住雙眼的他轉向艾斯提，明明人在眼前，亞蒙卻陷入了苦惱。

「我是車夫艾斯提，魔族骷髏。」艾斯提親切地自我介紹，在他手指上的伊娃按捺不住好奇，變成人類大小圍著亞蒙打轉。

「原來，我正在疑惑雖然聞到了味道，卻感知不到溫度，還以爲是嗅覺出錯了呢，魔族眞是無奇不有啊。」

「你果然看不見。」奈西也跟著自家使魔打量這隻新奇的蛇族幻獸。他記得蛇是以嗅覺來找尋獵物，同時身上還有熱能感應的構造，能夠察覺周遭生物的體溫。蛇的視力普遍較差，但也因蛇種而異，像生存於密林的蛇視力會比生活在黑暗洞穴內的蛇要來得好些，而看來亞蒙似乎是屬於視力較差的。

「我看得見，只是視力比較差，再加上我們這一族被規定必須蒙住眼睛。」亞蒙苦笑。

「為什麼呀？」伊娃困惑地歪了歪頭。

「魅惑之蛇——啊！」奈西驀地想起之前在課堂上學到的知識。「你是蛇族中的稀有品種，石化蛇對吧？」

「不愧是菁英學校的孩子啊，是的。」奈西興奮的語氣讓亞蒙笑了，這位魔王召喚師比他想像中還單純。

活生生的教材就在眼前，最喜歡研究幻獸的奈西雙眼放光盯著亞蒙，連珠炮似的發問：「你們能石化S級幻獸嗎？同族之間要怎麼區分強弱？你們吃石像嗎？該不會住在石像館——」

冰冷的食指按上少年的唇，面對這個激動過頭的孩子，亞蒙無奈地笑著說：「我知道我的魅力無窮，連可愛的魔王召喚師也無法招架，不過我想，你召喚我出來，應該不單只是為了對我身家調查吧？魔王召喚師希望我做什麼呢？」

最後一句話像是在誘導一般，語調微微上揚，此刻的亞蒙有如一隻等著主人下令大開殺戒的凶獸，渾身透出危險的氣息。

站在這隻猛獸面前，奈西溫馴地開口了：「跟我去市集好嗎？」

「……什麼？」

「我召喚你出來，是想請你陪我們一起去市集選購種子。」他與伊娃互看一眼，相視而笑。「我們要讓宅邸的花園再度活起來。」

「我看看，雛菊、水仙、百合……妳的花妖精朋友還眞多呢。」當奈西攤開伊娃擬好的長長一列種子清單時，忍不住怔了怔。他邊走邊看，眉頭越皺越深。「那個……伊娃，我們的世界沒有蜜花和拉德拉斯花，也沒有食獸花……」

「姆姆，沒有嗎？」伊娃坐在奈西肩上，神情疑惑，似乎無法理解為何人間界沒有。「伊娃很喜歡食獸花的說。沒關係，那鬱金香一定有吧！伊娃要鬱金香！」

「這是妳最喜歡的花，我當然不會忘了。」奈西溫柔地看著伊娃，伸出食指摸摸她的頭。聞言，伊娃笑得甜美，嘴邊浮現可愛的小小酒窩。

亞蒙默默走在兩人身旁，平日穩健的腳步此刻顯得有些虛浮。

他是一隻稀有的石化蛇，接過的任務自然不少，但陪主人去市集還是頭一遭。石化蛇，傳說雖為蛇族，卻混有遠古蛇神的血液，與他們對上目光的獵物皆會化為石像，在遙遠的那個時代，他們的祖先是連龍王都不敢輕視的存在。隨著時光流逝，石化蛇體內的神之血液逐漸淡薄，而今能力雖然不如以往，仍是十分強大的種族。

亞蒙被協會命名為魅惑之蛇，自然有其原因。他的雙眼能石化的對象為異性，且必須是被他所吸引的異性，亞蒙擅長運用自身魅力誘惑雌性，讓目標石化在他的凝視之下。

他的能力相當受王族青睞，在成爲公主的主力幻獸前，他換過好幾個契約主。更換契約主對他而言已是家常便飯，有些幻獸可能連一個固定的契約主也沒有，但亞蒙曾經同時擁有好幾個契約主，更不乏三天兩頭換一個的經歷，被召喚的經驗相當豐富。

他執行過許多任務，曾在大庭廣眾之下石化所有人，也曾化身暗殺者石化暗殺對象；有時也會像艾斯提一樣，當一個普通的助手幫召喚師處理雜事。而成爲公主的幻獸後，雖然較少運用到能力了，但爲了讓主人重獲自由，他仍是周旋在城府極深的王族之間，尋找援手。

總而言之，亞蒙過去執行的大多是複雜的任務，所待的環境也都是上流社會，就連陪主人出門，目的地仍多半是貴族舉辦的舞會或私人派對，絕對不會有人召喚他出來，只爲了叫他陪逛市集。

「這種事情交給下人不就好了？」亞蒙不禁詢問這位渾身散發庶民氣息的小主人。這個孩子現在可是王城百姓茶餘飯後的熱門話題，人們都對憑空冒出來的魔王召喚師很好奇。

「不行。事關伊娃能不能住得舒服，我當然要親自來挑。」

奈西一本正經地駁回，接著，又有點困惑地補上一句：「而且這種事情有需要麻煩到下人嗎？」

好吧，他現在可以確定，這位神祕的小主人之前肯定處於平民階級。

「更何況，我們家目前沒有僱用任何人，像守衛之類的，也只是召喚幻獸幫忙而已。希望霍格尼有好好看家。」奈西憂心忡忡地說，讓亞蒙再度無語。

只是看個家而已，有必要召喚傳說中的災厄之龍嗎？而且他很肯定那畫蛇添足的東西根本不想看家，他剛剛經過前院時有聞到那隻大紅龍的味道，還聽見響亮的鼾聲呢。

「說起來，院子裡那麼荒涼，也需要請地精們來幫忙，二十隻夠不夠？」奈西擔憂地徵詢伊娃的意見。

「唔，如果有神鹿的話，一隻神鹿就可抵一百隻地精喲。神鹿是守護神，具有恢復自然生機的能力，在這點上神鹿比我們還要厲害喲。」

「這樣啊……」聽完，奈西的表情顯得有些惋惜。「怪不得艾斯提那麼失望，眞的挺有用的。」

亞蒙不知道還可以說什麼了。

這孩子雖然想法很平民，然而在魔力運用上一點也不。論浪費魔力，席爾尼斯家絕對是土豪等級，愛怎麼揮霍就怎麼揮霍。

亞蒙與那些對魔力量沒有概念的白目幻獸不同，王族不像席爾尼斯家和芬里爾家在召喚方面有特別才能，貝卡家是學者，爲了將祖先的召喚術完整傳承下去，從小就必須大量吸收相關知識。他們可以接納私生子，但無法容忍學識淺薄的家族成員。

身處於這個環境，亞蒙耳濡目染，也學習到許多召喚的知識。王族不若席爾尼斯一族那樣魔力豐沛，也不像芬里爾一族那般意志堅強，所以他們在召喚時可說是精打細算，會根據召喚的魔力需求分配魔力，並留下一定的魔力量維持精神。

可惜，這個道理在席爾尼斯家完全不適用。

「嗯？你問我分配魔力的方法？」奈西沉思一會兒，搖了搖頭。「我沒特別計算耶，召喚完畢只要精神狀況還不錯，就代表能再召喚一隻吧？累了就會停手了。」

對於這種絲毫不怕魔力透支的豪邁召喚法，亞蒙眞心佩服。

「看，黑色召喚師袍耶，該不會是那個魔王召喚師？」

「你傻啊，堂堂魔王召喚師怎麼可能會來市集買菜。」

當他們走在路上時，不時能聽見議論聲，如今奈西正式穿上代表席爾尼斯家的黑袍，身邊又跟著顯眼的亞蒙，這下總算可疑起來。不過眾人的懷疑並沒有持續太久，因爲沒有人相信堂堂魔王召喚師會親自來市集採買。

「這不是小奈西嗎？你在做什麼，怎麼可以穿著黑袍到處走呢？」奈西來到常光顧的攤位，小販一面將一袋雛菊種子交到他手上，一面擔憂地叮嚀。「最近魔王召喚師的事鬧得很厲害哪，大家都對突然冒出的勇者感到好奇，你穿這樣，不是等於向所有人宣告你是魔王召喚師嗎？」

「我確實是啊。」奈西眞的欲哭無淚了。

「哈哈哈！這話可騙不了任何人哦，這附近的人都知道，席爾尼斯家是派骷髏來買菜的啊！」

「……」

感知到奈西沮喪的氣息，亞蒙有種想笑的衝動。他搭上少年的肩，正打算開口幫忙說些什麼時，附近出現一陣騷動。

一名男子慘叫了聲，接著玻璃碎裂的聲音接連不斷響起，瞬間吸引周遭的目光。只見一位大叔慘兮兮地跪坐在地上，他的攤位被砸得稀巴爛，狐狸幻獸也瑟瑟發抖著躲在他身後，他們恐懼地看著面前盛氣凌人的銀髮女子，女子身穿象徵芬里爾家的綠袍，並帶了一群跟班。

「你居然敢賣假貨給我們家，膽子可眞不小啊，不知道我們是誰嗎？」女子冷冷地說。

奈西努力擠進圍觀人群之中，一看見那個攤位便愣愣地低喊一聲：「是他們……」

被砸爛的攤子四周滿地碎玻璃與藍藥水，奈西以前被這名攤主強迫推銷過，因此印象深刻。小販與他的狐狸專門以高價販售稀釋過的藍藥水謀取暴利，奈西還以為只有觀光客會受騙，沒想到芬里爾家也上當。

「我、我我不知道芬里爾家的大人會光顧本攤……再、再加上我、我們不會拒絕任何客人，所以……」攤販大叔顯然被嚇壞了，抱著自家狐狸語無倫次。

「是嗎？那該教教你們規矩了。讓其他人看看，敢在王城賣這種垃圾……以及惹到我們家的下場。」女子神情冰冷，舉起戴著戒指的手。「召──」

「住手！」奈西排開人群，慌慌張張地擋在大叔身前。「已經夠了吧？攤位都被砸爛了，我想他們應該也不敢再犯，放過他們吧？」

女子狠狠瞪了奈西一眼，她放下手，上下打量著他，隨意掃視他的幻獸。

「席爾尼斯家的？」女子嗤笑一聲，她與平民不同，平民對召喚師名門的印象幾乎都是來自傳聞中的描述，或者是偶爾在公眾場合瞄到的幾眼而已，而像她這種本身就出自名門的專業召喚師，自然比較了解相關情況。「即將滅族的喪家犬快滾一滾，這裡沒你的事。」

「唔……」不擅長與人爭執的奈西頓了一下，露出困擾的表情。此時女子身後的跟班們慌慌張張地上前說了些什麼，但女子不為所動。

「你們說他有可能是魔王召喚師？那又怎樣。魔王召喚師不過是個祭品而已，他那天能成功突襲宮廷也完全是僥倖，要是族長跟納尤安大人出手，他早就被逮住了。」

女子越說越氣，她恨恨地瞪著奈西，尖聲叫道：「我們家才不會輸給一個祭品，利用我們不要的龍去攻擊宮廷，要臉嗎你！」

奈西對這種局面完全沒轍，正當他手足無措不知該如何是好時，亞蒙悠然走向前了。

「哎呀，這還真是血口噴人哪，向來聽聞芬里爾家特別強勢，沒想到比想像中還潑辣。」亞蒙攤開雙手，無可奈何地笑。「在大庭廣眾下表現得如此蠻橫，可能會讓人民對芬里爾家的印象不好哦。說起來，你們家那條引起災禍的龍好像是被我的召喚師收服了嘛，現在砸爛攤子又要我家召喚師替你們擦屁股，這勇者眞不好當啊，老是要替芬里爾家收拾殘局。」

「你說什麼！」

亞蒙低笑出聲，他來到女子面前，撩起一綹髮絲，嘴角勾起迷人的笑，輕柔吻上。

「什——」突如其來的舉動讓涉世未深的芬里爾家大小姐不自覺地臉紅，尤其對象還是亞蒙這般高大英俊的男人。她想要後退，亞蒙卻俯下身，在她耳邊低語：「難得長得如此可愛，還是不要做這麼過分的事了吧？若欺侮魔王召喚師的行爲傳到龍王耳裡就不好了喲。大小姐要是想做些過分的事，可以找我啊。」

充滿磁性的聲音猶如糖蜜一般，甜美而誘惑。當亞蒙抬起頭時，女子已經被唬得一愣一愣。

「大小姐啊，不要這麼盯著我看比較好喲？我太危險了，盯著我看會出人命的。」他以充滿惡意、帶著調侃的語氣說，這句話聽在眾人耳裡像是調戲，但奈西知道這並非玩笑。此刻的亞蒙像一隻看準獵物的蛇，正等著獵物自己跳進陷阱。

這句話果然讓自視甚高的女子回過神，她氣呼呼瞪著亞蒙，如他所料地喝斥：「少自戀了！不過長得帥了點，就自以爲人人都會迷上你嗎！我看你是爲了遮住那醜陋的雙眼才故意蒙起來的吧！」

「嗯——是不是呢？」亞蒙的話音盈滿笑意，他舔了舔唇，緩緩解開布條。「就由妳來確認吧……」

「住手！」奈西連忙衝上前，遮住亞蒙的雙眼。

「抱、抱歉，他不是故意的。」他把亞蒙轉過來，硬是要魅惑之蛇彎下身，讓他將布條重新綁好。「我家幻獸有點衝動，請不要看他的眼睛……」

「但是伊娃可以喲！」天眞爛漫的聲音響起，奈西轉頭一看，只見伊娃不知何時以人類少女之姿站到芬里爾家一行人面前，笑嘻嘻地傾身。「跟亞蒙蒙說的一樣，事情就這麼算了吧，好嘛！」

最後那聲「好嘛」帶著甜膩的撒嬌尾音，伊娃的翅膀跟著拍了拍。奈西正想拉她回來，亞蒙卻忽然抓住他，摀住他的口鼻。

「唔唔？」奈西還來不及反應，便發現芬里爾家那群人的目光變得渙散。

「好……」女子表情恍惚，眸光黯淡下來，她身後的跟班們也陷入同樣的狀態。不只他們，附近的圍觀民眾也一個個神情迷茫。

亞蒙笑了笑，在女子耳邊輕聲低喃：「乖，就這樣離開吧，別讓我的召喚師爲難，好嗎？」

女子點點頭，揮了揮手，腳步虛浮地率領手下離去。

奈西驚恐莫名地看著伊娃與亞蒙，完全不明白發生了什麼事，在他開口說些什麼前，亞蒙已經先拉著他快步離開現場。

「你、你們倆幹了什麼？」遠離人群後，奈西馬上問道。他被大家那嗑藥般的模樣嚇得不輕，他從沒聽說過伊娃會這招。

「你的使魔剛剛散發出一股特殊氣味。」亞蒙解釋。「那種味道跟花蜜一樣香甜，帶有類似迷幻藥的效果，吸入的話便會像你看到的那樣，陷入恍惚狀態。」

「咦？伊、伊娃她什麼時候——」

「身爲一個王……」一座召喚陣在兩人身旁浮現，絕美的毒蝶妖精從裡面飛了出來，優雅地降落。「自然要有多點本事喲。」

「以美麗的外表、甜膩的香氣吸引獵物。」亞蒙勾起一抹笑。「毫無疑問的，妳也是獵食者呢。」

「可是伊娃不需要獵物，伊娃只要奈西西就夠了！」伊娃猛然撲抱住奈西，親暱地蹭了蹭，雙頰因這份幸福感而染上一層淡淡紅暈。

「你們啊……」奈西嘆息一聲，聲音充滿無奈。「不要隨便在公眾場合展現出危險的樣子，會嚇到人的。尤其是你，亞蒙，你剛剛想石化人家對吧？」

在前往市集的路上，亞蒙向奈西介紹過自己，這條石化蛇與奈西之前召喚過的幻獸完全不同，不僅是蛇族中的稀有品種，所接觸的召喚師又幾乎都來自上流社會，因此是奈西的魔導書裡最懂得人情世故的幻獸。他本以爲亞蒙會跟諾爾一樣溫馴，結果還是差點惹事生非。

「抱歉抱歉，我原本只想動動嘴皮子，和平解決這件事的，但那個女人個性這麼差，卻出乎意料的單純，讓我心癢難耐啊。」亞蒙飢渴似的舔了舔唇，隱隱露出嘴裡的利牙。「我的種族本來就是食肉幻獸，只是因爲召喚的關係，被迫『人類社會化』。雖然我們現在不吃人，不過你知道的……偶爾看到毫無防備的獵物在眼前，還是會喚醒一些狩獵的本能。不能吃也沒關係，就是想玩弄一下。」

看著亞蒙毫無顧忌地展露出猛獸的本性，奈西的身子頓時微微一僵。他知道有些動物狩獵時會把目標當成玩物，然而親耳聽到這般殘虐的發言仍是讓他不自在。

似乎感覺到少年有些受驚嚇，亞蒙俯身近距離直面奈西，溫柔地摸了摸那細軟的金髮。

「別擔心，奈西。我社會化得很徹底，也經過專業訓練，絕對不會狩獵自己的召喚師。」儘管他的手十分冰冷，但這個動作確實安撫了奈西。「世界上有這麼多獵物，我幹麼偏偏狩獵自己人？又不是笨蛋。」

「自己人」這個詞令奈西的神色和緩下來。他點點頭，拉住亞蒙的衣袖。「可是你剛剛還是做得太過火了。以後在我召喚你的時候，沒有我的允許，你不能去狩獵其他人。」

明明是命令句，亞蒙聽著，卻彷彿看見一隻小動物正鼓起腮幫子，用軟軟的稚嫩聲音對他下令。

有那麼一瞬間，他很想看看奈西到底是什麼模樣。

想必是個很可愛的少年吧。可惜他這對眼睛從不被允許注視自己的召喚師，即使是同性也一樣。這是「人類社會化」的一環，石化蛇族不被准許吃人，亦不被准許看自己的召喚師。

「我們走吧，還有好多種子沒買呢。」說完，奈西侷促不安地望了望周遭。剛剛的騷動似乎傳開來了，許多目光投向這裡，人們不再懷疑他的身分，因爲他是芬里爾家認證的勇者。

可是，一直被盯著讓他感到很困擾，他只希望王城的居民趕快接受一件事——那就是勇者其實也會親自買菜殺價。

待他們回到家時，已經是黃昏時分，奈西決定明天再著手整頓院子。爲了更有效率地恢復魔力，他讓亞蒙返回幻獸界，只留下剩兩小時停留時間的霍格尼，與不需要付費的伊娃。

他看了趴在前院呼呼大睡的紅龍一眼，無奈地一笑。這傢伙肯定把他白天的叮囑當耳邊風，不過他也不特別介意，畢竟霍格尼光是趴在那就具有十足的威嚇效果，應該沒有小偷敢踏進來。

「奈西西？」伊娃疑惑地喊了一聲，她隨著奈西走進那間隱藏起來的書房，好奇地東張西望。「這裡是哪呀？」

「是魔王召喚師的書房。歷代魔王召喚師都會與魔王通信，信件全部保存在這裡。」奈西望著窗外的晚霞，若有所思。

先前他寫了一封信給魔王，並交給當時正忙得焦頭爛額的克羅安。克羅安表示處理完魔王城的危機後，便會將信送去給魔王，如今事情已經解決，克羅安應該已經在路上了吧？

「眞的嗎？」伊娃興奮地打量整個房間，飛到奈西身後。「所以奈西西有看見爸爸的信嗎？」

伊娃明白奈西一直希望能了解家人的事，應該會很想看看父親所遺留的信件。

但提出這個問題後，伊娃卻意外地見到奈西神色黯淡下來。

「我、我不知道該不該看。」他的手輕觸空蕩蕩的書桌，聲音不自覺染上一抹憂傷：「我至今仍對爸爸抱有許多疑惑。雖然得知他是個很優秀的召喚師，可是他爲什麼召喚魔王去征服水都，本該不用犧牲的媽媽又爲什麼會死，這些仍是我不明白的……」

縱使烏德克說過他父親始終想當個眞正的勇者，然而無論如何，當年父親召喚出魔王掠奪他國領土仍是不爭的事實。

「這個主意肯定是王族出的，爸爸爲何會同意呢？」說到這裡，奈西的眼神有些迷茫。他忘不了人魚蘿拉悲憤的怒吼，以及那名火鳥召喚師堅決的表情。家園被奪走的感覺肯定無比痛苦，他不懂爲何以成爲勇者爲志向的父親，會讓這種憾事發生。

如今父親留下的遺物就在這裡，他反而退縮了。他有預感將會從過去的信中得到眞相，可他害怕眞相難以承受。

在什麼也不知道的情況下，他還能對父親抱有美好的幻想，然而得知一切後，他可以一如往昔地看待自己的父親嗎？萬一他父親根本不是什麼好人呢？

忽然，一雙纖細的手放到他的手背上，奈西抬起目光，變成人類大小的伊娃站在他身前，笑嘻嘻地看著他。

「奈西西不就是一直嘗試著踏出每一步，才有今天的嗎？」她的眼神十分溫柔，充滿了眞摯的情感。「選擇相信諾爾、接受烏德克老師、解開對伊萊萊的心結。因爲決定相信，所以才有今天。現在奈西西要相信的人是爸爸，肯定沒問題的，都走到這裡了。」

奈西深深凝視著這名一直陪在他身邊，和家人同等重要的少女，愼重地點了點頭。他的神情放鬆下來，嘴角也勾起一抹淡笑。

「嗯，來看看吧。」他翻開魔導書，評估著剩下的魔力，確定再召喚一隻C級應該沒問題。

「召喚，時間守人西克斯。」

第七章

身著灰袍的山羊幻獸從召喚陣中躍出，輕巧地落到地面。他帶著虔誠的表情向奈西鞠了個躬，正要開口，伊娃卻率先出聲。

「羊羊諾爾比較好看。」

奈西似乎看見西克斯的嘴角抽了一下。

西克斯咳了幾聲，無視伊娃，逕自對奈西說：「閣下晚安，請問這次召喚我出來是爲了什麼呢？」

「我、我想要看魔王寫給爸爸的信。」奈西的喉頭有些乾澀。「我想知道爸爸過去的事。」

聞言，西克斯沒有動作，凝視了奈西一會兒後，他才緩緩開口：「其實閣下的父親有留下訊息給你。」

「哎？」奈西驚呼一聲，瞪大眼睛。「我、我爸爸有特別留訊息給我嗎？」

「他早已預料到可能會有這一天，所以請我保存訊息。」西克斯點頭。「這個訊息是給接受魔王召喚師身分的閣下看的，若閣下走上另一條路，也沒有看的必要。」

「爸爸他……」奈西沒想到一切全在父親的預料之中，他愣了愣，最後堅定地點點頭。「請讓我看吧，我想了解當年的眞相。」

西克斯拿起懷錶，低喃幾句，懷錶上的指針開始倒退。同一時間，周遭以西克斯為中心捲起旋風，窗外的光景急遽變化，像是被快轉一般不斷日落日出，原本乾枯的院子也稍微恢復了生氣。

奈西呆呆地注視一切，在他以爲時間會一直倒流下去的時候，風終於停止，窗外的景色也不再轉變。

西克斯收起懷錶，指了指奈西身後。

奈西正要回頭，一道聲音率先傳入他的耳中。

「什麼都沒變啊，你這魔法眞的沒問題嗎？」那聲音充滿了磁性，語氣中可以明顯感覺到不滿。

當奈西轉過頭時，發現後頭站著另一個西克斯，羊人手持懷錶，面無表情看著說話的男子。

男子有一頭燦亮的金髮，身披黑色召喚師袍，個子比奈西高了點，但身材同樣纖細。他背對奈西，對西克斯的懷錶品頭論足：「你說這東西能錄下影像，是怎麼錄？現在已經開始錄了？」

「早就開始了，你兒子會看到你現在的樣子。」像是在提醒對方不要讓蠢樣入鏡，站在男子身前的西克斯依然面無表情地說。

「他怎麼看到？透過懷錶嗎？」

「整個房間會回到過去，他就站在這個房間裡。」聽了西克斯的回答，男子終於轉過身，與奈西對視。

這位前任魔王召喚師的年紀不大，約莫二十多歲，他的容貌和烏德克一樣英俊，氣質卻迥然不同，渾身散發出自信，以穩健的步伐朝奈西走了過來。

奈西呆呆地看著男子，激動得說不出話，眼眶頓時一陣酸澀，視線跟著模糊。他朝男子緩緩伸出顫抖的手，帶著哽咽的聲音喊道：「爸爸……」

在與他只剩下一步之遙的時候，男子露出微笑，然後——

直接從他的身體穿過。

奈西的手停滯在半空中，神情僵硬地扭頭望向站到書桌前的父親。

「你說他有可能站在這裡還是那裡？」男子分別指了兩個地方，湊巧的是，第二個指的地方正好是奈西此刻站的位置。

「你所見的一切皆是過去的錄像。」待在奈西身邊的西克斯解釋，這句話讓奈西露出失望的表情。

「我不喜歡這種對空氣說話的感覺。」男子皺了皺眉，將書桌前的椅子拉到房間中央。「奈西就坐在這裡吧，這樣我也能確定自己在面對你說話。」

奈西旁邊的西克斯面無表情從空無一物的書桌前抓出一把椅子，拖到與錄像中的椅子重疊的地方，而過去的西克斯也是相同的表情。

奈西坐到椅子上，不確定地看著感覺意見很多的自家老爸。

「奈西。」彷彿想確認眼前的人一般，男子再度喊了一聲，臉上的神色柔和起來。「你在這裡對吧？作爲一個魔王召喚師，背負著沉重的未來坐在這裡。當我看見你的第一眼，我就有預感，你應該會是個溫柔的孩子。席爾尼斯家的人都很溫柔，我也是。」

十八年前的西克斯咳了一聲。

「我的名字叫烏利爾。」男子無視西克斯，面帶笑容繼續說。「這我想你應該已經知道了，不過還是說一下。如果你到現在才知道我的名字，可以放幻獸咬烏德克。」

「……」

「你如果在這個家長大，應該會覺得我的話莫名其妙吧。」烏利爾自嘲地笑了笑，看上去竟略顯哀傷。「可是啊，奈西，我就是有這種預感，你不會在席爾尼斯家成長。烏德克那傢伙太討厭勇者了，他在這個即將凋零的家族出生，從小就必須接受我跟他有一個人必定會英年早逝的事實，而且還要爲了令幻獸爲奴的王族犧牲自己，他怎麼可能喜歡得了這一切呢？更別提最後居然是我成爲魔王召喚師……」

烏利爾溫柔地說：「雖然他討厭勇者，但我知道，烏德克的心裡肯定也有個勇者。即使他再討厭跟勇者有關的一切，若能有機會拯救一個人免於落入勇者的宿命，他肯定會去做。」

他攤開雙手，午後的陽光灑落，奈西看著那眞誠的笑容，有種父親重返人世的錯覺。

「所以我才會留下這個錄像。如果你最後還是走向了勇者之路，想必會有許多疑惑，就讓我這個前任魔王召喚師爲你解答吧。這是一個很長的故事——」

我和烏德克誕生在單親家庭，從小由母親撫養長大，在我進入召喚師學院就讀沒多久，你祖母便病逝了。

這沒什麼奇怪的，我們家遭到魔王詛咒，千年以來有許多祖先死於非命或病死，雖然也有不少是壽終正寢，但終身不婚的大有人在。這個詛咒猶如慢性毒素一般逐漸侵蝕我們家，最後只剩下我跟烏德克。

我們相差六歲，烏德克是個很愛讀書的孩子，尤其喜歡幻獸的歷史，我猜他長大後說不定會去擔任召喚師學院的歷史學老師，應該很適合他。喔，對了，在開始說我的學校生活前，必須先提一下你媽媽。

我們是青梅竹馬，她也住在荒涼的瑞爾德區，與我們家只隔幾條街。她從小就很討厭我，因為我召喚出的魔族老往他們家跑，砸爛她的盆栽。你媽媽的老家有座十分漂亮的庭院，常常有妖精在裡面飛舞嬉戲，或許正是這點吸引了我的幻獸。

別誤會，我的夥伴們不欺負妖精，相反的，他們很喜歡妖精，因為妖精也是喜歡惡作劇的生物，這點跟魔族很合得來。只是我家魔族有點粗枝大葉，往往玩太瘋便會不小心破壞他們的花園。

為此，妳媽媽常來找我理論，到後來簡直把我當成敵人，每次見到我都彷彿快把我瞪穿一個洞，任何事都要跟我一較高下。她是自尊心很強的人，又看不起我這個雖有勇者之名，卻像流氓一樣到處破壞人家庭院的召喚師，因此我們的孽緣持續到進入召喚師學院。

儘管我並不想跟她作對，卻也不討厭她不斷來找我麻煩。你媽媽是個美人，她有一頭色澤漂亮、豐沛細軟的棕色長髮，綠色的眼睛美麗靈動，當她笑起來時，臉頰還會浮現淡淡的酒窩。她的身材嬌小，但性子十分好強，非常討厭在任何方面不如人。所以你可以想像她有多討厭我，我的召喚師等級、在校成績皆名列前茅，她幾乎從沒贏過我。

說到這裡，我必須坦白，我確實有設法守住第一名的寶座，我不想讓她贏過我。她會找我碴，全是由於她想勝過我而已，哪天她真的打敗了我，我們之間恐怕就不會再有交集了。

然而我還是失敗了。

我低估了她的努力，正因為我們是青梅竹馬，所以她特別了解我的幻獸。她擬定了許多針對我的作戰計畫，某天我們一如往常在學校的競技場對戰時，她真的用她的妖精打贏了我的A級魔族。

我還記得，當我的幻獸倒下時，她興奮得整張臉都泛紅了。

「贏了！我們終於贏了！太棒了！」她跳了起來，欣喜若狂地與她的使魔擊掌，上場的妖精也飛回她身邊一同慶賀。

我呆呆地看著她，周遭的驚呼聲離我異常遙遠，她的身影模糊起來。我整個人僵在原地，內心充滿了空洞與茫然。

「看到了沒！」她領著她的妖精們走到我面前，趾高氣昂地指著我的鼻子。「A級有什麼了不起，我用E級妖精一樣能打敗你！」

我沒有說話。

「喂，烏利爾——喂！」她的手在我眼前揮了揮。「幹麼啊？有需要這麼震驚嗎？想不到你是這麼自視甚高的人，你肯定沒想過有一天會輸給我吧？」

她笑得和她的妖精一樣賊，她的光之妖精使魔在我們周圍興奮地打轉，跟著出言調侃我。至於方才上場的妖精在與她慶祝完後，便跑到我的幻獸身邊關心傷勢了。

我花了一點時間回神，深吸幾口氣讓自己冷靜下來。

「只不過贏了一場而已，得意什麼？」看著她難得向我展露笑容的樣子，我忍不住微笑。「想要真正超越我，妳必須每一場決鬥都贏過我，還有筆試也是。」

看著她垮下來的臉色，我充滿惡意地補上一句：「哦，對了，如果連身高也能贏我就更好了呢。」

「你閉嘴！」她氣憤地搥了搥我。「沒看過你這麼惡劣的勇者！你的本性根本和你家魔族一樣差！」

「怎麼會呢，我是貨真價實眾人公認的勇者啊。」我捉住她在我身上搥打的手，紳士地輕吻她的手背。「我很正直坦蕩的，恭喜妳獲得第一場勝利。」

她的臉頰頓時紅透，整個人僵了好幾秒後，才用力甩開我的手。

「吵死了！像你這種表裡不一的勇者最討厭了！」

我想，我真的可以統計一下從我們認識到現在，她到底說過多少次討厭我。

「聽好，總有一天，我會在眾人面前揭開你的假面具！」臨走之前，她不忘撂下狠話，但我非常開心，這表示我們之間的緣分還沒結束。

你爸爸我雖然特別有異性緣，對討女生歡心還算有點心得，可是我真不知該如何討你媽歡心。認識這麼多年，她對我幾乎沒有過好臉色，我們一直維持著有如敵人的關係。不過無所謂，當競爭敵手總比當陌生人好。

「難道我真的不像勇者嗎？」我走在陰風陣陣的長廊上，在據說是魔王召喚師書房的門前停下腳步。

「你是啊。」我的魔族夥伴低聲笑答。「你是我們的勇者。」

魔族的勇者……嗎？

席爾尼斯家作為勇者的時間太長，長到讓我們迷失了勇者存在的意義。

我還記得書上所描述的幻獸戰爭異常殘酷，那是個黑暗時代，街上幻獸橫行，隨時都有人被幻獸抓去吃掉，村落與城鎮轉眼被幻獸所滅這種慘劇也時有耳聞。幻獸的力量太過強大，毫無特殊能力的人類根本難以抵抗，在那個時候，平安活過一天便已是極大的幸運，沒有人期盼能有未來，直到有名魔法師創造了契文，情勢才出現巨大改變。

我們與幻獸的戰爭從肉體上的對抗變成精神上的對決，被逼迫到絕境的人類磨練出堅強的意志，為了生存、為了身邊的人，這份意志化為強大的力量制伏了幻獸，使得戰況大逆轉。

我們家族在那個時代無疑是英雄，不僅將棘手的魔族一一收服，最後還殺死了魔王。然而，不管當年的真相究竟是魔族殘殺人類，還是人類傷害魔族，都已經不重要了。

我們早已放下過去的恩怨，成為了朋友，雖然不知是何時開始的，但也沒人打算探究，活在當下才是最重要的。

「我很想拯救你們。」摸摸身旁幻獸的頭，我露出哀傷的微笑。「可是如今的我，早已搞不清楚該怎麼做才好。一旦拯救了誰，就一定有人會為此受傷，勇者不是什麼聖人，只是選擇其中一邊站的普通人而已。」

「那你呢？你想選擇哪邊？」

這正是我們一族糾結的問題。

我們原先所保護的對象早已不需要我們的保護。儘管如此，王族依舊將我們留在身邊，以令世界更加美好為由，強迫我們召喚魔王。

勇者不再是英雄，只是一把鋒利的劍罷了，我們沒有自己的意志，只能任憑那些主張正義的人握在手中胡亂揮舞。

我們的想法根本沒人在乎，為了創造美好的烏托邦，必定要有人犧牲自己，持有魔王契文又容易操弄的勇者無疑是最佳祭品。

我們只是烏托邦的勇者。

雖然已經不明白到底是為了誰而活，可是，我仍有一個夢想。

我想當個勇者，不是為了成就烏托邦的勇者，而是拯救蒼生、讓人們燃起希望的勇者。

我想當個英雄。

「學弟有很遠大的志向啊。」

聽了我的想法，我的學姊艾莉亞・芬里爾平靜地喝了口茶，淡淡發表意見。

你可能會很訝異我居然跟敵對家族的成員有往來，我自己倒不覺得有什麼奇怪。我認為那刻意製造的敵對關係很無聊，湊巧的是，艾莉亞也這麼想。同為維繫烏托邦的要角，我跟她自然有不少話可聊。

艾莉亞是學校裡出了名的冰山美人，她在召喚上擁有優異的天賦，也是備受矚目的新星，據說芬里爾家很看好她未來能成為龍王召喚師。

你可以想像她背負著何等重擔，尤其她的老爸又是國王的副手。她為了扮演一個完美的資優生，自然累積了不少壓力，而我正是她可以吐苦水的對象。

儘管她已經很不像芬里爾家的人，對於我的夢想，她仍是嗤之以鼻。

「這個時代已經不需要勇者了，你們只是握有魔王契文的召喚師，就跟我們一樣。」

芬里爾家因為龍王的存在才擁有價值，席爾尼斯家也是。我們兩家都只是因為持有極稀有的契文，才得到特殊的地位，在這個追求力量的時代，人們根本不在乎你是什麼人，只在乎你能帶來多少利益。

「我知道啊，我的夢想在這個時代顯得很可笑。」我看向遠方。「在這沒有任何人需要被拯救的世界，若真的想當勇者，只能當幻獸的勇者了吧。」

「你知道不行的。」艾莉亞嚴肅地說，我無奈點頭。

我不能這麼做。

不是因為我不想拯救幻獸，只是這件事真的太過難辦。

我讀過歷史書上所記載的黑暗時期，也知道契文的重要性，即使現在我們與幻獸幾乎是和平共處，過往的那些恩怨也不是能輕易消弭的。

誰敢保證一旦解放了幻獸，不會再回到黑暗時代呢？

我不能為了滿足自己的虛榮心，將先祖們的努力徹底摧毀。

我想，你應該能體會這種被夾在中間的感覺，這大概也是我們對勇者存在的意義感到迷惘的原因之一。明明是勇者，卻必須傷害自己的朋友；明明是勇者，卻拯救不了任何人。

所以娜羅莎會認為我不像勇者，也是理所當然的。

我就這樣懷著成為勇者的志向與迷惘，迎來了十八歲生日。

成年的那天對每個席爾尼斯家族的成員來說，是人生中最重要的一日。我們往後將走上什麼樣的道路，全都會在這個日子決定。

烏德克從前一天開始就心神不寧，他一直認為魔王召喚師該由他來當，我實在搞不懂他為何這麼想。

我必須坦承，十八歲生日到來的前夜，是我一生中最難熬的時刻，即便如今是召喚魔王的前夕，也不比那時還令人坐立難安。

我們坐在大廳裡聽著鐘擺的規律聲響，房裡除了我與烏德克以外，還有等等要協助進行契文儀式的僕人。

所謂的契文儀式，即是把衣服脫得精光，讓人檢查你身上到底有沒有那不太顯眼的金色契文。魔王契文不會在固定的地方出現，有的人十八歲一到，契文便在臉頰上浮現，有的則是在大腿、手臂等等，我只希望契文不要出現在太顯眼的地方，過去甚至有魔王召喚師被路人誤認為幻獸。

時間一點一滴流逝，當十二點的鐘聲敲了第一下時，我的呼吸幾乎停止。但看到烏德克凝重不已的神色，我深吸幾口氣，強迫自己冷靜下來，讓僕人們幫忙脫衣。

烏德克的眼睛眨也不眨，非常專注地盯著我。我不敢看自己的身體，只能憑烏德克的反應來猜測結果。

當僕人們脫下我的召喚師袍時，烏德克的表情沒有變；接著他們解開我的襯衫，烏德克頓時雙目圓睜，臉色變得慘白。

僕人們停下動作，其中一人帶著哀戚的神情拿出一面鏡子，讓我看清契文的樣子。

那道被詛咒的金色契文印在胸膛上，猶如胎記一般。我的手緩緩撫上契文，金色的文字彷彿與我的皮膚徹底結合，沒有任何特別的觸感，它靜靜躺在我的胸口，等待著召喚的那一刻。

「為什麼啊！」烏德克悲憤地怒吼一聲，紅著眼眶跑開。

注定沒有未來的我像個傻子似的站在原地，沉默了很久很久，久到僕人一個個離開了房間，我的魔族幻獸們不知不覺闖入，並帶來一個意外訪客。

「……烏利爾？」

熟悉而思慕的聲音從身後傳來，我緩緩回過頭，一瞬間以為自己在做夢。

那道魂牽夢縈的身影站在透著月光的落地窗前，夜風輕拂她柔順的秀髮，裹住那纖細身軀的白色披肩隨風飄揚。

那個總是對我沒有好臉色的女孩，此刻露出無比擔憂的神情，目不轉睛地注視著我。

我轉過身，她的目光落到我胸口的金色契文上。

下一秒，她的雙眼湧出淚水，就這麼在我面前大哭起來。

我呆愣在原地，一時無法反應。我從未見過她如此脆弱的模樣。好強的她從不在我面前顯露出軟弱的姿態，無論受到任何欺負，她也頂多是眼眶泛紅，繃著一張臉，可如今她竟像個孩子般在我面前嚎啕大哭。

直到我的幻獸推了推我，我才回過神。我一邊穿上幻獸遞來的衣服，一邊走向她，有些不知所措地停下腳步。

我自認還算懂得應付女孩子，對於安慰哭泣的女生也頗有一套，但此時站在她面前，我卻一點辦法也沒有。

「你這個笨蛋，沒事當什麼魔王召喚師！」有如想把所有憤怒透過這一拳發洩，她用力搥了我的胸膛。「你這個人怎麼這麼討厭！從小就愛砸爛我的花園，上學後也處處刁難我，現在又長了個魔王契文來惹我生氣！你是生來跟我作對嗎！我討厭你，最討厭你了！」

聽著她連聲抱怨，一股強烈的情感逐漸從我的心底湧上。

我一直以為我們之間的距離很遙遠，也一直以為她把我當眼中釘。然而這一刻，我終於明白了她的真實想法。

我抓住她的手，深吸一口氣，試圖讓自己的聲音不要顫抖得太厲害。

「妳喜歡我嗎？」

「你白痴嗎！我有說過這種話嗎！」

「妳其實是喜歡我的對吧？」

「全世界我最討厭的人就是你！」

「不，如果妳討厭我，怎麼可能會來到這裡？妳知道今天是我的十八歲生日，所以特地趕來對吧？」

「她從幾個小時前就一直在院子外徘徊。」我的魔族夥伴補了一槍，接著又捅上一刀：「還一直焦慮地踱步，無論我們怎麼說都冷靜不下來。」

她的臉頓時紅得跟熟透的蘋果一樣，用力甩開我的手，狠狠瞪了我一眼。

「反正看見魔王契文後我又更討厭你了！你——」

她無法把話說完，為什麼呢？因為我吻了她。

我以為她會反抗或者乾脆直接咬我，但她只是僵在原地，像根木頭似的乖乖被我吻。

我們都壓抑內心真實的情感太久了，像個長不大的小孩，總是以幼稚的方式向對方表達好感，直到此時才終於明白彼此的心意。

「我們和好，好不好？」我捧著她的臉頰，卑微地懇求。「如果妳願意，我可以一輩子跟妳鬥……但是我已經……沒有多少時間了。為了縮短召喚魔王的間隔，我們這些被選上的勇者壽命通常很短，我不知道自己還能活多久……」

聞言，淚水再度沾溼她的臉龐，她緩緩點頭，埋到我懷裡哭泣。

我的人生在十八歲那天迎來了劇變。

我變得沒有未來，卻終於與渴望廝守終生的人在一起。人生充滿了變數，也不會永遠如你所願，明明想當帶來希望的勇者，但我最終仍是成了烏托邦的勇者。在這個所有人都吃飽穿暖、能夠躺在青草地描繪未來藍圖的世界，我的職責只是讓已經美好得不能再美好的世界變得更加美好，僅此而已。

只要烏托邦沒有完成，我們勇者就不會擁有自由。然而悲哀的是，理想的定義會隨著時代改變，烏托邦的建設永遠不可能有終結的一天。

烏德克對這種現象感到厭倦，甚至可說是憎恨，他早已不對未來抱持期望，我卻還在苦苦掙扎，渴望找到解決的辦法。

直到我收到了一封信。

我想你應該已經知道是誰的來信了，他的名字叫雷德狄，與我一樣被金色契文所束縛。

透過他，我終於明白了魔族與勇者和解的原因。

過去有太多的悲傷與無奈，以及太多無法彌補的錯誤，可儘管如此，雷德狄仍是走了過來，選擇了愛與原諒，也因此才有今天的成果。

他與我不同，對於被當成打造烏托邦的工具，他並不悲憤，也不怨恨。奈西，許多事本來就不會只有一種解答，你可以認同我的觀點，也可以追隨雷德狄的信念，作為一個魔王召喚師該怎麼行動，等你聽完我們的故事後再下決定吧。

接下來讓我來告訴你，這個魔王的故事——

「時間到了。」西克斯毫無情緒的聲音突然打斷奈西的思緒。

「……什麼？」奈西愣了愣，一時還沒從烏利爾的故事中回過神。

「這個魔法一次只能錄一個小時。」西克斯面無表情地說，同一時間，烏利爾的影像消失，整個書房回到現下的景象。

雖然表情沒有變化，但西克斯的神情彷彿在無言地訴說「這麼珍貴的魔法你他媽給我拿來炫耀情史」。

奈西不得不承認，他老爸講到媽媽時眞的超級囉嗦，而且光提媽媽不夠，還要講學姊，更時不時硬要強調他對女人很有一套。再加上烏德克曾說過他爸爸是風雲人物，奈西可以想像烏利爾在學校究竟有多受歡迎。

這大概也是媽媽會生氣的原因之一，她一定覺得這傢伙輕浮又花心，偏偏還是喜歡上了。

話說回來，奈西確實很驚訝自己的父親跟伊萊的母親認識，這讓他感覺與伊萊更加親近了。只是這件事也許先保密爲妙，他實在很擔心水龍巫女選擇守護水都的原因跟他花心的爸爸有關。

「你要繼續嗎？他分了幾次錄。」

奈西望向天色已暗的窗外，搖了搖頭。

「就這樣吧，明天再接著看。謝謝你，西克斯。」他露出眞誠的笑容。「因爲這個魔法，我才能見到爸爸。」

不是從別人口中聽說，也不是透過畫像得知相貌，因爲有錄像魔法，他得以親眼見到父親，傾聽父親的聲音，這已經讓他很滿足。

他並不急著聽完故事，因爲日後他還會請西克斯使用這個魔法很多很多次。

不過，既然父親要告訴他魔王的事，那麼讓諾爾去見魔王就沒意義了。

「不行。」在他表示想把諾爾召喚出來，撤銷這項任務後，西克斯制止。

「身爲與勇者最親近的幻獸，他必須瞭解我們與勇者之間的因緣。」西克斯收起懷錶，聲音帶上一絲柔和。「原本對立的雙方要維持友誼並不容易，而我們的做法是將我們的理念傳達給新生的魔族，你們家也是這麼教導後代的。」

頭。

奈西想起父親的面容，與剛才在最後所說的那番話。他沉默了一下，而後點點

因爲已經約好要一起走向相同的未來，所以他希望諾爾同樣能了解這些事。現在他能確定魔王是善良的了，他只希望魔王能好好跟諾爾說明這一切。

第八章

「好人跟能不能當好王是兩回事，我已經放棄我們的魔王了。你眞的可以考慮來魔王城做勞動服務，諾爾。不用想辦法搶別人亞空間繳罰單，當替身魔王就好。」

「……」

所謂一波未平一波又起，諾爾爲了繳清欺瞞等級的罰單而到處搶人家的亞空間，結果好不容易繳完了，卻被魔王城通緝。雖然幫助魔王城度過了危機，但魔王城依然不會爲了他開特例，如果希望通緝撤銷，他只有三條路，一是乖乖進魔王城地牢，二是繳巨額罰款，三是勞動服務。

當年勒格安斯遭遇跟他一樣的窘境，最後選擇了三，而這勞動服務一做就做了兩百年，讓諾爾立刻將這個選項排除。他寧可慢慢湊錢繳罰款，也不要做兩百年的勞動服務。開玩笑，他在人間界已經是勞工了，在這裡如果也當免錢勞工，他還要不要活啊？

猜到諾爾的疑慮，克羅安好言相勸：「勒格安斯其實早就做完勞動服務了，只是後來覺得工作做得挺順手，於是才乾脆留下來。你也可以多當幾次替身，當你覺得順手後——」

「就去繼承，魔王嗎？」諾爾接口，臉色臭得彷彿踩到龍的排泄物。

「當、當然不是！」克羅安知道這是諾爾的底線，要是勞動服務罰到讓他與奈西天人永隔，諾爾絕對會氣到把魔王城掀了。

「這點你放心，雷德狄的壽命很長，還不到把契文交出來的時候，也不用擔心他會被殺掉什麼的，那傢伙擁有非常可怕的能力。」

「他到底是，什麼東西？」

「他跟勒格安斯一樣是魔族突變種，但與勒格安斯不同，雷德狄有很長一段時間潛伏在深淵，沒有任何幻獸知道他的存在。當魔族終於注意到時，才明白他的恐怖。」克羅安嚴肅地說。「在當上魔王之前，他有個響亮的稱號，叫——」

說到此處，克羅安沉默下來，過了幾秒，他忽然炸毛了。

「可惡，我居然不記得！」他氣憤地拍了拍翅膀。「被我抓到了吧！等等一定要找他算帳！」

諾爾完全不明白克羅安到底在氣什麼，這也不是什麼嚴重的事，等等再去問魔王本人就好了。

魔王城的危機解除後，諾爾終於得以和正牌的魔王見面，他與克羅安正在前往拜訪魔王的路途上。雖然原本是佛洛邀請他來聽說明會，但一知道他有事要找魔王，佛洛便叫他直接去找魔王聽說明了。

「魔王陛下會有很多時間向你說明。」佛洛特別強調「很多」兩個字。

於是，諾爾告別其他三天王，與有信件要送的克羅安一同去見據說住在深淵邊疆的魔王。

臨走前，勒格安斯開心地對佛洛表示緊急事態已經解除，他要跟著諾爾去找魔王玩，想當然爾立刻被駁回，這讓勒格安斯非常不滿。當初他被叫回來就是爲了處理這樁麻煩事，現在事情解決了，居然還不能走。

「不是說處理完就放我走嗎！爲什麼還要留下來！」勒格安斯氣得連腳下的陰影都起了變化，只見無數觸手陰影在地面上張狂扭動，還延伸到佛洛腳下，不懷好意地在腳邊繞來繞去。

「留在這裡本來就是你的義務，不要以爲克羅安走了我就不會管你！」佛洛也不甘示弱地將法杖指向勒格安斯，他的腳底浮現魔法陣，身周掀起狂風。

「我們走吧。」克羅安淡定地對諾爾說。「別管那群笨蛋，反正魔王城毀了是他們要負責。」

諾爾向來也是淡定一哥，在克羅安說完後，便點點頭一起離開了。

而他們的交通工具理所當然又是艾斯提。

「說真的，我沒想過……魔王陛下原來在那個地方。」艾斯提一邊駕著馬車，一邊忍不住感嘆。

馬車駛進乾枯的樹林，深褐色的枯槁杉樹死氣沉沉，地表的土壤呈現一片灰白，時不時還吹來一陣蕭瑟冷風。然而神奇的是，這座死寂的森林一開始雖給人陰森的感覺，但越是往裡面走，林中便越是明亮。

坐在前座的諾爾感受著森林的神祕氣息，耳邊只聽得見馬蹄聲與蕭颯的風聲。這裡有如被遺忘了一般，靜靜地在時間的洪流中腐朽。

諾爾有些無法理解魔王爲何棄城來到這種獸煙罕至的地方。自閉症？

「他幹麼待在，這個地方？」

「別小看這鳥不生蛋的森林，此地有很重要的遺跡。」克羅安說。

「在與人類打仗的那個遙遠時代，幻獸界有許多連接人間界的次元門。因爲門的存在，導致兩個世界的居民得以入侵彼此的領土，也因此才發生戰爭。」精通幻獸歷史學的代課老師艾斯提娓娓道來。「次元門像是峽谷、像是湖泊，是自然界的一部分，沒有人能解釋它爲何會出現，幻獸與人類都將其當成自然現象，並利用這個門相互征戰，直到契文出現，人類獲得勝利。」

「幻獸方爲了守護自己的領地，與人類訂立條約，出賣自己與後代子孫，摧毀了次元門，讓這場領土之爭永遠劃下句點，如今前往人間界的唯一方法便是透過召喚。但表面上看起來，次元門大多被破壞了，其實不然。」艾斯提的目光望向透著亮光的前方。「這座森林，就留有一道被封印的次元門。」

「而雷德狄數百年來幾乎都待在這裡。」克羅安的語氣聽來有些頭疼。

「我聽過這件事。」艾斯提笑了笑。「傳說，在一座被遺忘的森林裡，有名魔族一直守在被封印的次元門前。有人說他在等待一個人，也有人說他在等待幻獸與人類和解的未來。深淵的魔族都稱他爲，次元門的守護者——」

馬車駛出樹林，來到林中央的空地。

在那片貧瘠的土地上，矗立著一座巨大的白色拱門。拱門中間隔有一層類似玻璃的結界，如同鏡子般，另一頭映出人間界的景色。

一道黑色的背影站在歷經風霜的拱門前。

他有一對豎立的黑角，垂至腰間的深色長髮，纖細而高大的身子披著厚重的黑色披風，孤獨地佇立在寒風中凝視拱門。

「我等你很久了，最後勇者的幻獸。」那道身影背對著眾人緩緩開口，聲音充滿磁性，帶著一種說不出的柔和。

他轉過身，攤開了雙手，對諾爾露出微笑，笑容是如此的眞誠不加矯飾，如孩子般天眞爛漫。

「歡迎來到這裡，諾爾瑟斯。我是深淵魔王，人稱次元門守護者的雷德狄。」

魔王雷德狄，他的相貌與傳說中魔王該有的模樣十分相符，駭人的尖角、慘白的肌膚，身形高瘦、容貌俊秀，還有一雙深邃的紅色眼睛。然而若不是身穿氣派的黑色披風，雷德狄散發出的氣質簡直跟良家婦女沒兩樣。

見到雷德狄後，諾爾多少了解爲何佛洛會一直說雷德狄不適合當王了，這位魔王的氣息太無害了。

諾爾正想問魔王爲何會知道他的名字，並預見他的到來，這時克羅安率先開口：「你又沒有預知能力，怎知道諾爾會來？」

「是莉芙希斯告訴我的。」雷德狄不疾不徐地解釋。「她的龍務官窺見諾爾的未來，知道我們總有一天會相見，所以先來告訴我。」

「她也眞閒啊，必須被召喚還有心情跑來跟你聊天。」

「召喚的主導權在她手中，她想什麼時候受召喚就什麼時候受召喚，愛在人間界待多久就待多久，她的召喚師不敢不聽從的。」雷德狄望向拱門，諾爾跟著看過去，才發現拱門的神奇之處。

拱門另一頭的景色他見過，是宮廷裡的某個房間。當初他跟克羅安躲避追兵時，曾闖入拱門所在的房間，克羅安隨即叫他先躲起來，讓拱門後的人以言語誤導追兵。那時事態緊急，他來不及看清拱門後的人，原來正是雷德狄。

「就是你。」諾爾有些訝異地說。

「如果你是指在宮廷發生的那件事，確實是我沒錯。」雷德狄微笑。「能成功救出烏德克眞是太好了。那個人一直很擔心烏德克被王族強迫繁衍後代的時刻到來，如今總算能讓他鬆一口氣了。」

諾爾好奇地盯著雷德狄，看樣子這名魔王知曉很多事。

「站著聊太累了，來吧。」雷德狄朝他們招招手，接著從自己的亞空間拉出一張矮桌，又抽出一條桌巾龜毛地仔細鋪好，再拿了幾張坐墊一一放在桌子四周……

「……」諾爾看著這個彷彿準備玩扮家家酒的魔王，越來越贊同佛洛的話。而同樣是居家系魔族的艾斯提忍不住上前幫忙，一個負責泡茶一個擺盤。

「你別驚訝，他正是這副德性。」大概是覺得很丟臉，克羅安伸出翅膀遮住自己的頭。「所以我們才需要替身魔王。」

「我還是第一次見到這種桌子。」艾斯提嘖嘖稱奇。「還有坐墊，就這樣坐在地上嗎？不用椅子？」

「這些是莉芙希斯送給我的，她說很多東洋人會圍在這種桌子旁吃飯喝茶聊天，我試用之後還滿喜歡的，這桌子能帶給人安心感。」說完，雷德狄環視在場的幻獸們，又開心地從亞空間拿出一個木盒跟一張地圖。「對了，剛好湊滿四人，我們要不要來玩遊戲——」

「你夠了沒！」克羅安的理智崩潰了，飛上前攻擊雷德狄。「我們是爲了聽說明會而來，不是來跟你玩什麼大富翁！你以為每個人都跟你一樣時間很多嗎！」

魔王的反應跟他底下的暗黑三天王一樣，只能抱著頭到處閃躲烏鴉的猛啄攻擊。

「我、我知道了啦！你冷靜，我開玩笑的！」逃到後來，他甚至拿起坐墊護住頭，但是他的尖角頂著坐墊，根本徒勞無功。

最後雷德狄投降，在矮桌前以諾爾沒見過的奇妙姿勢跪坐在坐墊上，咳了聲，朝諾爾招招手。

「過來吧，說故事的時間到了。」說完，雷德狄又不識好歹地從亞空間抓出一張迷你黑板與粉筆。

「……」

「我是說，開說明會。」接收到克羅安的瞪視，雷德狄一本正經地更正。

諾爾盤腿坐在對面，喝了一口艾斯提遞過來的紅茶後，抓起桌上的糖罐一股腦把裡面的糖全倒進自己的杯子，好整以暇開口：「說。」

似乎在考慮該怎麼起頭，雷德狄思索了一會兒，露出哀傷的微笑。

「這恐怕要從我當上魔王之前說起……我在這座森林潛藏了一段很長的時間，當我被發現時，幻獸們都說，我是森林所孕育的幻獸。戰爭時期，無數幻獸與人類在此死去，最後只留下一座次元門，而這個森林為了遺忘當時的傷痛創造出了我。

爲此，協會賦予我一個頭銜——」

「忘卻之魔，這就是我在當上魔王之前的稱號。」

忘卻之魔，顧名思義即是能讓人遺忘事物的魔物。「忘卻」是我的保護色，所有遇見我的幻獸都失去了與我相遇的記憶，但這不是什麼令人悲傷的事，年幼的我對某些幻獸而言是鮮美的大餐，這個能力保護我不被強大的幻獸攻擊。

我能讓他們忘記的事物有很多，例如忘了自己為何來到此地、忘了自己在追捕什麼。因為這個能力，長久以來都沒有魔族注意到我的存在，直到有天被一個路過的魔族瞧見，我的事情才傳開。這樣的我引起第二任魔王的注意，於是他親自來到森林，邀請我一起回魔王城。

我就這麼順理成章地成為魔王繼承者。

我沒有強悍的戰鬥能力，亦不具備強健的體魄。我想你已經猜到了，沒錯，我是E級。

貨真價實的，史上第一位E級魔王。縱使如此，沒有幻獸對讓我成為魔王一事有異議，召喚協會也很快就核准了。

在那個黑暗的年代，已經沒有幻獸期望自己的王能帶來什麼希望，光是憑成為王還需要人類創立的召喚協會給予許可這點，便足以說明一切。我們自始至終，都只是人類的奴僕。

再加上我的能力不限對象，只要是面對活物即能施展，擁有上千年記憶的S級幻獸遇到我，也有可能一切砍掉重來。因此，有沒有戰鬥能力倒也不重要了。

說實話，在魔王城長大的我很茫然。接受先王的教導時，我常常聽他敘說當年的幻獸戰爭，先王對人類恨之入骨，可那份憎恨卻無法傳達給我。要說為什麼，是因為我無法體會。

我生在早已不必與人類交戰的時代，又是特殊召喚幻獸，根本從未接觸過人類。先王一股腦地向我灌輸他們的可惡，只讓我覺得相當為難。

每當先王怒斥人類是多麼可憎的生物時，我都不禁會想，在人類眼裡，我們是否一樣可恨呢？如果我生為人類，又活在幻獸取得戰爭勝利的平行時空，肯定也會認為魔族十分可恨吧。人類究竟是怎樣的生物，我想自己去了解。

可惜，沒有一位召喚師願意犧牲自己最珍貴的一段記憶來召喚我，我就這樣迎來繼承金色契文的時刻。

那天，先王被召喚了。他回來的時候渾身浴血，身上插滿了武器，縱使大家急忙為他療傷，用上最好的藥品、找來最好的醫師，但先王的傷勢太重，已經命在旦夕。

先王死前讓我去他的房間，他一直把我當成親生兒子對待，也只對我吐露心聲，除了總是喜歡抱怨人類以外，他是個很好的父親。

「你的契文……很快就會變成金色，從今以後，你就是魔王了。」先王咳了幾聲，握住我的手，流露出有些脆弱的表情。此刻的他不再是威嚴冷峻的魔王，亦不是凶暴蠻橫的幻獸，他是我的父親，一名會悔恨、會悲傷的普通幻獸。

「聽了這麼多年的怨言……你也累了吧？抱歉啊……最後，請再聽一次我這個魔王的真心話吧，這回，不是抱怨……而是懺悔……」

「我年輕的時候……常跟著先王奔馳於戰場，我們為了幻獸的未來而戰，直到我親眼看見先王被人類烙下契文……最後精神受到控制，慘遭斬殺。」他遮住臉，聲音哽咽。「自此之後，情勢大幅逆轉。我們被迫與精神受召喚師控制的同族相殘，最後連我也被印上契文，成為將幻獸們推入地獄的兇手之一……這個噩夢如影隨形，不管是睡著了還是醒著，對我而言都如同地獄……」

先王忍不住哭了出來，聲音充滿了痛苦。

「為了帶領幻獸走向勝利，我才練就這一身強悍的力量。然而……然而……因為召喚，這份用來守護我族的力量竟被人類用來傷害我族……」

他盯著我，眼眶蓄滿淚水，身子也因激動地顫抖滲出更多鮮血，但他不在乎，只是一個勁兒地握緊我的手哭著說：「是我……是我……將……幻獸推入萬劫不復的深淵……」

我忽然能理解為何先王如此憎恨人類了，因為他將憎恨自己的情感也投入進去。他恨自己的無能與做下的錯事，為了令這份幾乎要撕裂他的自責稍減，他只能將所有不幸歸咎給人類。

我拍拍他的背，想開口說些什麼，他卻搖了搖頭，要我什麼也別說。

「所以我……才會選擇你……雷德狄。」他輕喚我的名字，這個名字是他親自為我取的。「我不想再傷害自己人了……如果是你，擁有強悍能力卻不會傷害到任何人的你……即使被召喚了，帶來的傷害肯定也不大吧……忘記不是壞事，我是這麼認為的……你打算成為怎樣的魔王我都無所謂，隨你喜歡吧。我只希望……你能撫平我族的傷痛。我一直相信，你是為了讓我們忘卻傷痛而生的幻獸……」

說到這裡，先王很罕見地笑了。他的表情像是得到救贖一般喜悅與真誠。

「如果你能……帶領我族從傷痛中……走出……對我而言，就是……最大的……」

最終，他沒來得及說完他的遺言，我就這麼看著他鬆開手，雙眼失去光彩。儘管如此，他想表達的一切已經深深刻在我心裡。

我披上沉重的魔王披風，契文鍍上金色。

讓忘卻之魔擔任魔王並非一個好主意，忘卻是我的保護色，然而一旦成為王者就必須被眾獸記在心裡，這讓我相當不習慣，也本能地感到不安。雖然城裡有眾多士兵，佛洛也在我身上施加許多輔助狀態，但當好一個王並非易事，尤其先王又留下那樣的遺言。

先王對我的期盼遠超過我的能力範圍，記憶這種東西，不單只有大腦擁有，身體會有記憶，潛意識裡也會有記憶。我能影響的只有大腦的記憶，即使忘了那些慘痛的過去，只要接觸到類似的場景，依舊會喚醒心裡的創傷。

更別提幻獸們的傷痛仍是現在進行式，直至今日，我們依然被利用著。

「我該怎麼做才好……」我盯著被遺留下來的次元門，內心充滿茫然。

成為魔王後有太多繁雜的事務與挑戰，為了緩解疲憊，我回到了自己的出生地。對我而言，這座森林是我的歸屬，待在這讓我很安心。

只是我一直不清楚次元門的彼端到底連接著哪裡，只知道是個黑暗的房間。不過想想也是，這座拱門肯定要妥善保護，如果封印不小心解開了，說不定就會有一隻魔王跑過去。

門當然不會給我答案，在我嘆息一聲，轉身準備離去時，一個稚嫩的聲音傳來。

「你是誰？」

我回過頭，只見一名有著柔亮金髮的小女孩站在門的另一端，好奇地看著我。

她的膚色白皙，藍色眼瞳明燦而有神，看上去像個娃娃般可愛精緻。如果我沒記錯的話，金髮藍眼的人類是先王最討厭的對象，征服我們的人類正是金髮藍眼，還被稱為勇者。

昏暗的室內不知何時被女孩點亮，那是個富麗堂皇的廳堂，不過看得出來已經很久未使用，裡面的地毯與家具都布滿了灰塵。女孩站在遭到遺棄的房間裡，一隻手伸向我，很快撞上次元門的結界。

「咦？」她摸了摸，最後才發現狀似玻璃的結界。

「你被困住了嗎？」她有些慌張地問。

我忍不住輕笑出聲，搖了搖頭。「這邊是幻獸界，我是幻獸界的居民。」

「真的嗎？」女孩好奇地踮起腳尖，整個人貼在結界上。為了讓她看得更清楚，我從門前讓開。

「你在的地方是哪裡？」

「這裡是深淵。」

「深淵？那是魔族的居住地對吧？」她的眼神亮了起來，語氣充滿喜悅：「那麼，你就是我的朋友了。」

「……朋友？」

「我叫昆娜・席爾尼斯，是魔族召喚師哦。」

席爾尼斯，這個名字我從小聽到大，不可能不知道，這個女孩千真萬確是先王憎恨的人類家族成員。我以為我們不是敵人，就是主僕關係，可是這個女孩卻說……我們是朋友？

我感覺自己的認知被顛覆了，我蹲下來與女孩平視，看著她天真爛漫的笑顏，納悶地問：「為什麼是朋友？」

「這樣的說法不好嗎？那我換一個，戰友！戰友比較貼切吧？我爸爸都說，魔族是最值得信任的戰友。」

「戰……友？」我越來越不明白了，魔族與人類的關係似乎和我所知的完全不同。

「昆娜——妳在哪裡？」此時，大廳門外傳來呼喚她的聲音，於是女孩朝我揮了揮手。「魔族哥哥拜拜，下次再來找你玩！」

我還來不及回應，女孩便跑走了。滿腹疑惑的我決定回去釐清這件事。

在返回魔王城的路上，我思考著為何會有這樣的落差，最後歸因於階級差異。S級幻獸通常壽命極長，也很少被召喚，因此經歷過戰亂的S級幻獸，對人類的印象多半停留在當年那個時代。看樣子想要了解現今情勢，必須詢問一般階級的魔族。

「你問我對勇者怎麼想？」一名騎馬經過的吸血鬼似乎很訝異。「我們家與勇者是合作關係啊。他們知道我們偏好人血，所以會定期提供新鮮的人類血液與我們交換深淵的藝術品。」

「每次被召喚都在幹麼？」一名悠悠晃過的幽靈以飄忽的聲音回答：「沒做什麼……只是在他們的宅邸飄來飄去而已……他們說這樣可以嚇跑小偷。」

「我跟勇者家的廚子關係很好。」魔王城的廚娘得意地挺起腰桿。「我們會互相交流廚藝，陛下吃的菜色有些都是源自人間界。」

「勇者？」我的臣子有些猶豫地看了我一眼，緩緩說：「陛下對勇者應該沒特別的意見對吧？其實……我也是席爾尼斯家的召喚獸，長年跟勇者在各地奔波，摧毀次元門。」

我傻愣在原地。

「這是怎麼回事？全世界只有我不知道勇者跟魔族關係很好？」

「陛下言重了。」我的巴風特臣子輕笑。「因為先王很厭惡勇者的關係，我等自然也不敢將與魔族召喚師有交流的事說出來。拿我自己來說好了，我依舊討厭被人類召喚，但若是席爾尼斯家的話便能接受。」

「也不是所有魔族都能接納席爾尼斯一族。」另一名正在整理公文的臣子語氣冷淡地補充。「偶爾我們會被召喚去平定幻獸叛亂，讓這個世界變得更糟。」

看樣子評價是好壞參半。不過無疑的，這個世界正一點一滴改變著。

距離當年簽訂條約已經過了五百年，連接兩個世界的次元門飛快減少著，雖然仍時不時聽聞有幻獸跑到人間界進行抗爭，但學會了召喚術的人類還是以驚人的速度茁壯勢力，並建立了前所未有的繁榮國家。

席爾尼斯家便是功臣之一，在那個年代，幻獸與人類一同在前線作戰不是什麼稀奇的事，彼此間的關係頗為複雜。

我遇見的女孩昆娜也是其中一員，她在長大後加入報效國家的行列，隨著父母在大陸各地奔波。

「雷德狄！」已經亭亭玉立的昆娜站在次元門前，開心地笑著。「好久沒見到你了，過得還好嗎？」

在相遇之後，每年的某幾天我們都會約好在這見面。據她所說，人間界那個房間位於創造契文的召喚師家族所住的宮廷，他們為了研究召喚術才留下這座拱門。而昆娜出身自召喚師名門，每年都會進出宮廷數次，便藉機偷溜過來。

她來之前會派烏鴉通知我，如果有時間的話，我就會赴約。這座門成了我們交流的橋樑。

「是嗎？我倒覺得上次見面宛若昨日……」

每種幻獸對時間的概念都不同，雖然我不知道自己能活多久，但一年對我而言不是太長，這個女孩也在轉眼間成為令魔族喜愛的召喚師。我透過她了解到許多勇者的事，以及人間界的狀況。

雙方互相憎恨的時代逐漸過去，新生的幻獸接受了現狀，一部分歷經戰亂的高階幻獸也慢慢放下，畢竟很少被召喚，召喚條約對他們而言沒什麼影響。

持續數千年的血腥戰爭有如黃粱一夢，開始被這個時代的生命所遺忘。

儘管如此，仍有些東西保留下來，例如我們與勇者家族之間揮之不去的詛咒。

「我快要成年了。」昆娜悲傷地說。「我的堂叔是魔王召喚師，在我成年之前他必須召喚魔王，否則下一次契文出現就得等到我的下一代，王族不會讓這種事發生。」

她的手放在結界上，以哀求的眼神看著我。「雷德狄，你認識魔王嗎？可以請他撤銷這個詛咒嗎？」

「……他沒辦法。」我的表情僵了一下，困難地吐出回應。

我沒告訴過她我就是魔王，這個被詛咒的身分與勇者一族有太多糾結的因緣，當初我怕毀了與她的友誼，所以懦弱地選擇不提，然而終究還是無法永遠迴避。

「施加詛咒的魔王已經死了，沒有任何幻獸解得開他的詛咒。」

「怎麼會……」昆娜沮喪地跪坐到地上，她垂下頭，緊緊握拳。「這個被詛咒的宿命到底要持續到何時……已經夠了吧……我們家族……已經……」

「妳的家族怎麼了？」

昆娜搖搖頭，帶著悲傷的微笑站起來。她很快將話題帶往別的方向，意識到她不想再多談這件事，我也只能順著她繼續聊下去。直到分別後，我仍是很介意昆娜當時未完的話。

我確實聽說過，當年初代魔王曾經詛咒席爾尼斯家總有一天會絕子絕孫，但這跟魔王必須親手葬送幻獸未來的命運比起來，我認為根本不算什麼。不過，這個想法當然不能告訴昆娜。

那時候的我還不知道召喚我需要付出什麼代價，直到隔年我被召喚，親眼看見召喚師死在面前時，才明白一切。當然，這一幕也被昆娜目睹了。

她呆呆地看著我，似乎不敢相信從小認識的幻獸竟是魔王。

然而我沒有時間顧慮她，當我被召喚出來時，對面有滿山滿谷的幻獸，他們的眼神流露出堅定，即便渾身是傷也沒有退縮，以驚人的氣勢朝我衝了過來。

那一瞬間，我忽然能明白先王的心情了。

他扼殺的不僅是自己的同伴，亦是與他擁有相同理想的戰友。這等撕心裂肺的痛苦延續了幾百年，肯定很難受吧。

「我不會讓他們受傷的。」想起先王臨終前的願望，我低喃道，並伸出了手。

世界上沒有十全十美的事。我成功地避免讓這些幻獸受傷害，卻也讓他們忘記了堅持來到此處的信念。

返回魔王城後，那些幻獸失了魂魄的呆然模樣仍占據著我的腦海，揮之不去。

佛洛一見到我便大力稱讚：「您做得很好，雷德狄陛下。根據烏鴉們的回報，反叛軍的死傷數是有史以來最少的，在您離去後，那些喪失戰意的幻獸因為沒有堅持的理由，跟人類戰了一會兒就紛紛回到幻獸界了。」

「是嗎？那就好……」

「陛下？」

「佛洛，我這樣做真的是正確的嗎？」我茫然望著遠方。「他們活下來了，卻遺忘了信念。忘了為誰而戰、為誰而活，失去生存意義的他們，真的會比較快樂嗎？」

「陛下……」佛洛沉默了一陣，才緩緩說：「至少，他們活下來了。」

這個問題沒有正確解答，我只能以自身能力帶給他們不一樣的結局。

「這任務太艱難了……」我回到出生的森林，無力地跪在次元門前，眼眶發酸。

我無法守護那些同伴，也無法令我族完全忘卻傷痛。在這個滿是瘡痍的世界裡，我什麼也做不到。

「你為什麼在哭？」一個滿溢憤怒與不解的聲音傳來，仰頭一看，被我背叛的昆娜不知何時來到了次元門前，神情帶著怨怒。此時人間界已是深夜，與森林的白晝形成對比，昆娜站在月光下，憤慨地大吼出聲：「為什麼不跟我說你是魔王！看著我活在召喚魔王的恐懼中很好玩嗎！看著我們家的人一個個因為召喚你而死很有趣嗎！你說啊！你根本一開始就打算觀察我們家，才跟我做朋友的吧！因為憎恨我們，所以要親眼看我們過得有多痛苦！」

「昆娜……」黑暗中浮現一名魔族，他慌張地試圖將她拉走。「別這樣，陛下他——」

「你不要阻止我！我受夠這個被魔王擺布的人生了！因為有他，我們家才必須不斷獻上祭品召喚魔王，在成年之前，誰也不知道自己能否擁有未來！」她用力搥了一下結界，眼眶盈滿淚水。「我也想像芬里爾家一樣有個充滿希望的未來啊！即使當年我們在你們身上印下奴隸的標記，但已經五百年了，我們也不再將你們當成奴僕，已經夠了吧！為什麼就是不肯放過我們！」

我說不出任何話，因為我從不知道召喚我需要如此大的代價。

「我不想再看到我的族人活在召喚你的陰影之下了……我在這樣的恐懼中成

長，就算僥倖逃過一劫，以後也得面對自己的孩子必須為召喚你而死的現實……」

她頹然跪坐在次元門前，顫抖著身子低泣。「我們根本，沒有未來……」

是嗎，原來是這樣啊……

我以為痛苦的只有魔王，原來勇者也是。金色契文將我們的命運綁在一起。

我想起先王死前悲痛的自白，如今再看到昆娜哭泣的模樣，忽然覺得一切毫無意義。

我們這般作對，真的一點意義也沒有。

「妳在說什麼啊！」和昆娜一起進來的魔族終於按捺不住，悲憤地吶喊：「我們的王也不好受啊！妳又懂什麼了，憑什麼罵他！魔王陛下背負起扼殺幻獸未來的罪名，親手葬送了同伴的獸生！他難道就不痛苦嗎？這樣的事情重複了好幾百年，未來也會持續下去，我們的王怎麼可能有時間尋你們開心！」

昆娜愣了愣，目光空洞地看著我。我想，只要稍微站在我的立場設想一下便能明白，這是明擺著的事實。

我們沉默對視良久後，她艱難地開口：「你……一直是這樣走過來的嗎？」

我搖搖頭。「那個從戰爭時期一路背負罪孽走過來的魔王已經死去了，我是他的繼承者。」

他的罪名、他的願望，無論什麼我都會一肩扛起，除了他的恨。先王是個偉大的魔王，他沒有強迫我憎恨人類，只期盼我能帶領同族走出傷痛。

「對不起，昆娜。讓我重新自我介紹吧。」我的手覆上透明的結界，憂傷地對她露出微笑。「我是大戰之後的第三任魔王雷德狄，為了讓人忘卻傷痛而生的魔物。我跟妳一樣，擁有被詛咒的金色契文。」

自小到大的認識被徹底推翻，她呆呆地看著我，最後慢慢伸出顫抖的手，放到了結界上。

我們的掌心隔著結界相貼。此刻，勇者與魔王終於放下對彼此的成見，目光交會。

確認我眼中的真意後，她頓時淚如雨下。

從那天開始，我們之間不再有謊言，我從她身上了解到席爾尼斯家幾百年來的處境，她從我身上得知魔王這個身分的沉重。當我越是清楚他們的事情，便越是覺得憎恨無濟於事。

我們互相敵視，到最後誰也沒有得到好處。金色契文把我們的命運聯繫起來，無論怎麼掙扎，都沒有人逃脫得了宿命。

這份痛苦，只有同樣被詛咒的人才能理解，也因為如此，我們成了知心朋友。由於深刻體會到這等傷痛，所以懂得互相體諒；由於這世上仍有一個明白這種心情的人，所以我們對彼此而言更顯珍貴。

幻獸與人類之間早已沒有再戰的理由，如果能夠選擇，我想拋開過去的一切，重新開始。

過往的恩怨就讓它隨風而逝，這是屬於我們的時代，我們要以適合自己的方式活下去。

「不可思議呢……明明曾經很憎恨這個契文的，如今我卻不再痛恨。」已經成年的昆娜摸著鎖骨上的金色契文，笑著看我。

我看著她，一點也笑不出來。雖然明白可能會有這樣的未來，可想不到，詛咒真的找上了她。

沒有人知道魔王召喚師可以活多久，只能確定在下一代成年之前必會死去。

「不要傷心。」昆娜將掌心貼到結界上，我的手也跟著貼上去，隔著透明的結界與她交疊。

這是我們之間的默契，我們一致認為，這個動作能讓人有種與對方不存在阻隔的錯覺。

此刻的我們不是魔王與勇者，也不是幻獸與人類，只是兩個活在不同世界，卻對彼此懷抱深厚情感的生命。

我很難形容我對昆娜的感覺，她像是我生命中缺失的一塊拼圖，因為有她，我才能在無解的境況中得到救贖，她是最了解我的人。如今她即將離開，我的心也將空上一塊，永遠無法再填滿。

或許是察覺到我的想法，昆娜溫柔地看著我，低聲說道：「雷德狄，你說過在你們的世界，死去的幻獸會被埋葬在大地，成為自然界的一分子，與你們共同活著。」

她垂下眸光，那安寧祥和的神情是如此的令人眷戀不捨，使我的視線模糊起來。

「我雖然無法以這樣的方式與你一同活下去，但我有另一個方法。我會將我的想法傳達給後代，告訴他們魔王的好，從此以後，勇者與魔王之間不再有恨。我的後代將繼承我的意志，每個魔王召喚師都會像這樣與你成為朋友。雖然我會死，可是我的精神會與你一起活下去。」

聽到這裡，我終於忍不住眼淚，只能像個孩子般不斷哭泣。

「所以你也要回應我哦，想消弭仇恨需要雙方的合作。總有一天……當雙方之間不再有隔閡時，我會再度回到你身邊的。」

「怎麼可能？」我破涕為笑。

「真的！我答應你，有一天，我會像這樣再一次站到這座拱門前，前來迎接你——」

她往後退幾步，朝我伸出手，露出最燦爛的笑。

「所以，約定好了哦。」

昆娜死去後，我在深淵展開了旅程。

我造訪深淵各個地區，試圖讓更多魔族對召喚師，尤其是對勇者改觀。這個任務可以說簡單，也可以說困難，大部分年輕的魔族都能接受我的話，甚至很樂意被勇者召喚，然而老一輩或者是被召喚師傷害過的魔族便難以說服。

幸好席爾尼斯家願意協助我，在昆娜去世之後，越來越多的勇者繼承她的意志，改變了對魔王的看法。

身為魔族召喚師，再加上意識到勇者與魔王其實同病相憐，席爾尼斯家最終成為我們的盟友。一開始只有部分的人類與幻獸願意響應，不過隨著時間流逝，這份羈絆越發堅韌，最後改變了整個深淵。

「你喜歡勇者嗎？」

「喜歡啊，只有被席爾尼斯家召喚，我才會覺得自己不是一隻召喚獸。」

黑色巨熊微笑著回答。

「你恨召喚嗎？」

「雖然有時候會想抱怨，不過已經無法想像沒有召喚的生活了。」

路過的灰色侏儒這麼說。

「妳會希望召喚體制不存在嗎？」

「不會。」深淵醫院的妖精院長毫不猶豫地表示。「我們原本只能拯救這個世界的生命，如今因為召喚的存在，變成能夠拯救更多生命了。」

「這樣的獸生，會讓你覺得不甘嗎？」

「為什麼會啊？」生於近代的骷髏王好奇地問我。「偶爾去人間界晃蕩一下沒什麼不好啊，還能認識莫名其妙的人類。我的部下也說因為召喚的關係，我們得以擁有兩種不同的獸生，這不是很有意思嗎？」

「活在這世界本來就不容易。」曾經侍奉先王的佛洛操著一口流利的人類語言，悠悠望著遠方的景色。「我不奢求什麼救贖，只要能在獸生中找到一個對的召喚師就夠了。」

原本新時代的幻獸就早已遠離過去的傷痛，縱使這樣的生活不輕鬆，在戰敗後出生的他們也無法想像不被召喚的日子。因為無從比較，他們自然難以理解上一代對人類的恨意。而越來越多在戰爭中倖存下來的上一代幻獸，也隨著時間過去逐漸釋懷，試著接受這樣的獸生。

在我的努力下，深淵的魔族們終於徹底擺脫過去的陰影，一同朝未來邁進。

像先王那般憎恨人類的魔族已不復存在，現在的魔族想要的並非不受召喚的生活，而是與人類攜手走下去。

「這個結果肯定讓你不是很滿意。」我站在埋葬先王遺骨的墓地，望著眼前那棵高大而茂密的綠樹低喃。深淵是個寸草不生的地方，唯獨這棵樹特別生機蓬勃。彷彿在無言地訴說著不甘，即使先王墳頭的這棵樹生在如此貧瘠的地方，仍長得比任何樹木都要來得高壯，極力想見證時代的演變。

「雖然不是你所期盼的未來，但是……如今的魔族，已經忘卻過去的悲傷了哦。」撫摸著樹幹粗糙的紋路，我忍不住苦笑。「這樣你的遺願也算實現了吧？對不起啊，雖然我也很希望你嚮往的那個時代能夠回歸，可是，比起固守過去的生存方式，我更想要以適合這個時代的方式，活下去。」

我相信，先王會原諒我的任性。

在那之後，我回到了出生的森林。漫步在林間小路，陣陣微風溫柔地拂過我的身旁，整座森林彷彿在歌唱一般，樹葉沙沙作響，令我十分舒服與放鬆。

這座有許多幻獸與人類長眠的森林，肯定也盼望著這樣的結果吧。為了不再延續憎恨與悲傷，期望大家忘卻過往的痛苦，所以才創造了我。

或許，這也是那些死於戰爭的生命所願。這就是幻獸界，死去的生命回歸塵土，大地再孕育新的生命，如此循環，生生不息。

「總有一天，這個結界肯定會消失的。」站在次元門前，我仰頭凝視高聳的拱頂，忍不住露出微笑。

「我相信，總有一天妳一定會再回來，像這樣迎接我。」我的手放上結界，望著空蕩蕩的彼端。

昆娜死後，另一頭的房間再度像是被遺忘了般，鮮少有人踏入。只有少數人知道，拱門的對面站著一個魔王。

「你還在等啊？真有耐心。」偶爾，龍王莉芙希斯會潛入那個房間找我寒暄幾句，她對我的守候嘖嘖稱奇，也很關心魔族與人類的關係。我還記得當她聽完我們魔族與勇者交好的緣由後，茫然地低語：「果然這樣才是最好的結局嗎？」

她是生於戰亂時代的幻獸，帶著滿身傷痛一路走來，肯定不容易，而她的選擇將影響整個幻獸界。深知這點的龍王在處理人類與幻獸的關係上相當理智，並不被私人恩怨左右。

她跟先王都是偉大的王者，而我雖然也是金色契文的王，卻不奢求成為像他們那樣的存在，我只想按自己的信念活下去。

「我有的是時間，沒問題的。」我笑著回應，活了上千年的龍王對這句話感同身受，只見她眼睛一瞇，聲音盈滿了笑意：「是呢，說不定能活到見證時代的轉變，壽命長就是有這點好處。」

世界已經一點一滴在變化，而且是朝令人喜聞樂見的方向。我相信我所期盼的未來，肯定會在不久之後來臨。

在此之前，我會待在這裡，一直等待下去。

「這便是我守在這裡的原因。」魔王雷德狄喝了口茶，面露平靜的微笑。「和平的種子已經埋下，在深淵成長茁壯。這份意志肯定會不斷傳遞下去，直到幻獸解放的那一天。」

「我們之所以請你來聽說明會，正是希望你也能繼承這份意志。作爲與勇者最親近的幻獸，許多魔族將仰慕你、好奇你的存在。我以自己的故事傳達理念，若你能認同我，和我一樣告訴那些魔族召喚不是壞事，將這個理念繼續發揚，就算我們的力量可能十分微薄……總有一天，還是能撼動整個世界。」

「我想你不用擔心，諾爾已經做得很好。」克羅安停在雷德狄肩上，瞧著諾爾。「他生於這個時代，原本又是平民階級，戰亂時代的恩怨離他很遙遠，他也幸運地遇到的都是善良的召喚師。」

諾爾點點頭。雖然魔王的堅持看似微不足道，不過他贊同這個做法。在諾爾年幼時，羊爺爺曾經告訴他們何謂「唯一的召喚師」，雖然最後只有他明白這句話的眞諦，但那時夥伴們憧憬的模樣依舊深深刻在他心裡。

縱使知道這世上有許多幻獸憎恨著人類，也明白並非所有召喚師都是善類，他仍是想選擇與人類和平共處。

「你的意志，會被傳承下去。」諾爾的聲音異常堅定。「不只你，這個時代有許多幻獸，也尋求著，和平相處的未來。」

聞言，雷德狄笑逐顏開，他望著次元門，語氣充滿了希望：「那一天一定會來的。」

「你還說！」似乎想到了什麼，克羅安突然暴怒，氣呼呼地猛啄雷德狄的頭。「整天在這邊耍廢！魔王城有危機也不回來幫忙！要不是諾爾，魔王城早就毀了！」

「這、這不能怪我啊！」雷德狄連忙抓起坐墊擋住自己的頭，忍不住打了個寒顫。「被越多人記住，我就會越不安，覺得自己暴露在危險中，在那群S級幻獸面前我怎麼可能處之泰然！那種事交給你們就夠了吧？我眞的不行啊！」

看樣子即便當上魔王，雷德狄依然不改忘卻之魔的本性，不過諾爾可以理解，讓忘卻之魔當魔王，就好像替樹蛙塗上螢光漆，破壞了他的保護色。好在這隻樹蛙還有暗黑四天王，除了某隻鳥以外，其他三個都是實力一等一的傢伙。

「都已經上任五百年了，你這傢伙怎麼還是一副魯蛇樣！看看人家龍王，不僅當上召喚協會議員，還成爲幻獸界的代言人，你呢！整天只會在這道次元門前痴痴地等！」

「我這叫專情……」

「你這叫廢柴！不想被叫廢柴就給我回家！」

「讓忘卻之魔改公文是違反本性的事……」

「沒有這種說法！」

諾爾喝了口茶，望向連接人類世界的次元門。那半透明的結界好似象徵著人類與幻獸之間的關係，雙方近在咫尺，卻有一道看不見的阻隔。

儘管如此，他也想跟雷德狄一樣，去相信兩族會有和平的未來。

他並不會特別要求自己得有什麼作爲，只要堅持這樣的信念，身邊的人與幻獸一定也會被漸漸影響，並和他一起將這個想法傳遞給其他夥伴，這份意志終有一天會成長茁壯，改變整個世界。

第九章

「這樣啊……」

從諾爾口中聽完雷德狄的故事，奈西揚起溫柔的微笑。

「謝謝你告訴我這些事，諾爾。」他坐在床邊，銀白的月光灑落，黑羊的影子就在他的影子旁，奈西挪了下位子，讓兩道影子合而爲一。感受到諾爾貼在身邊的溫度，他滿足地嘆息一聲，感到相當安心與放鬆。

「我曾經對爸爸過去的所作所爲感到不解，但現在已經不會了。」他說。

雖然在諾爾聽雷德狄說故事的期間，他自己也又去書房聽了一段父親的故事，得知了魔王是怎樣的幻獸，但這些事果然還是以幻獸的角度來述說更加清楚，奈西因此得以明白幻獸是怎麼看待召喚師的。

「不管爸爸當初召喚雷德狄的原因是什麼，出發點肯定是好的。爸爸繼承了昆娜的意志，打從心底喜愛著魔族，期盼和平地相處，這一點是絕對不會改變的。」

諾爾輕撫奈西的金髮，當他的指尖拂過後頸處時，奈西癢得忍不住輕笑。完全敞開心扉，與黑羊十分親暱的少年歪了歪頭，露出帶了點傻氣的笑容。「你可以陪我去聽完最後的故事嗎？」

諾爾點點頭。

兩人一同站起來，走向魔王召喚師的書房。奈西召喚出西克斯，當正牌巴風特遇上僞巴風特，僞巴風特點了點頭，說了句：「還是我比較可愛。」

西克斯神情木然，完全不想對這番話發表任何意見，他逕自拿起懷錶，讓時間回到十八年前。

「在錄了嗎？到底行不行啊，怎麼錄個故事還要分好幾次？這容量實在有點小。」年輕的烏利爾再度出現在房間裡，打量著西克斯的懷錶。

「那你不要錄。」十八年前的西克斯面無表情地說。

「我開玩笑的啦，別介意。」烏利爾隨口打哈哈過去，和之前一樣將椅子拉到房間中央，而十八年後的西克斯也沉默地配合從亞空間抓出一把椅子。烏利爾盯著空空如也的椅子，嘴角漾起淡笑。

「眞想見見你的樣子呢……要是這個魔法能看到未來就好了。」他的笑容帶著悲傷，那雙溫柔的眼眸目不轉睛地盯著椅子，彷彿眞的看見了奈西一般。

「時間不多了，很快我就要前往水都召喚魔王。」閉上雙眼，烏利爾將手放到自己印著契文的胸膛上。「不用爲我難過，奈西。雖然我只是召喚魔王的祭品，但在這件事情上我有選擇權，是我自己決定這麼做的。一切要從我畢業後當上宮廷召喚師說起——」

雖然我得到了契文，變成召喚魔王的準祭品，但這點事並沒有妨礙我一展長才。如果說金子總會發光，那你老爸我絕對是顆鑽石，耀眼得一畢業就考上宮廷召喚師，不是以祭品的身分，而是以優秀召喚師的身分成為國家官員。

同時，我跟你媽也結婚了，這又是另一段故事了。本來我只希望與你媽交往幾年，我死後她可以再去找別的對象。可是聽到我這樣說以後，你媽聯合她家妖精把我痛揍一頓，最後我們畢業沒多久就結婚了，很快懷上了你。魔王召喚師的壽命很短暫，所以我們要加緊腳步，把還未嘗過的幸福全嘗過一遍。

聽起來所有事情都很順利，我不但是名勇者，年紀輕輕就有S級的實力，而且娶了個可愛的老婆，身邊有一群無論何時都支持自己的魔族好兄弟，還有一個崇拜自己的悶騷弟弟。所謂的人生贏家大概就是指我這種人了吧？如果沒有成為魔王召喚師的話。

只要活得夠久，我的夢想有朝一日說不定能實現，然而事與願違，在進入宮廷幾年後，國王對我開口了。

「召喚魔王的時刻到了。」他背對著我，語氣嚴肅。「烏利爾，我需要你召喚魔王拿下水都。」

當我聽聞這個要求時，自然是抗拒的。我希望能將寶貴的召喚機會用在對的事情上，而不是用以摧毀別人的家園。

「恕我拒絕，陛下。」

「早知道你會這麼說。」國王嘆息一聲，與他的副手納尤安交換了眼神。

因為擁有強大幻獸才得到如今地位的納尤安，目光流露出一絲鄙夷，帶著有些不屑的語氣表示：「仁慈的陛下已經預料到這點，也准許你拒絕召喚，不過有個重點希望你搞清楚，沒有你，這件事依然辦得成。」

「那就拜託你了，納尤安。」國王朝納尤安點了點頭。「率領天眼龍與其他龍族召喚師，拿下水都。」

「……等等。」

兩人回頭看著我，神情之淡漠彷彿在說他們早猜到我會有這樣的反應。

納尤安說的沒錯，沒有魔王，光憑破壞力強大的龍族，事情一樣能辦成。有些龍甚至可以隻身破壞一座城鎮，要是芬里爾家全體出戰，奪得水都並非難事。

但是那樣的話，造成的死傷恐怕難以估計。

美麗的水都將被摧毀，生靈塗炭，不僅如此，對於信仰龍族的居民們來說，因遭受龍族攻打而失去家園，造成的精神傷害肯定特別強烈。我有預感，如果由芬里爾家拿下水都，這個觀光之都將無法再恢復往昔的繁榮與安寧。

「您為何一定要征服別人的領土呢？」我悲傷地問。「貝卡已經足夠強盛，為何還如此執意要占據涅羅比斯？」

國王直直盯著我的雙眼，堅定無比地表示：「為了人類。」

「什麼？」我從未想過會是這個理由，因此愣在原地。

「你不用明白，只要照我的話去做就對了。我給你三天的時間，三天後，我要聽到答案。」

「……我知道了。但是我有一個請求，可以提出嗎？」

「說吧。」

「請……放過烏德克好嗎？」當我說出這句話時，國王與他的臣子都露出難看的臉色，對此，我不禁苦笑。「我知道這是不可能的，畢竟他身上擁有珍貴的血脈，所以，我只要求你們在他年輕時給予他一點自由。那孩子一直痛恨席爾尼斯家的命運，我希望他能至少過上一段平靜的日子，做自己想做的事。在他三十歲之前，請不要打擾他，好嗎？」

國王沉默許久，就在久到我以為他打算拒絕時，他終於點頭。

「如果你召喚魔王，我就履行諾言。」

得到他的承諾後，我稍微放心了。雖然無法再照看烏德克，不過至少我能保他十幾年的自由。

回家後，我將受命召喚魔王一事告訴娜羅莎，她繃著一張臉默然不語。我們都知道這一天遲早會來，但當真的來臨時，仍舊不知該如何面對。

我們相對無語了好一陣，娜羅莎的光之妖精使魔突然哭了。

「結果我的國家，終究還是逃不過被龍族摧毀的命運嗎……」

聽了她的話，我們趕緊詢問緣由。原來，龍族在幻獸界是妖精族的鄰居，而不斷擴張領土的龍族一年比一年更具威脅性，讓一些知曉真相的妖精相當害怕。只是，本以為此事還能拖上幾百年再處理，沒想到人間界卻出現意料之外的變數。

「我本來還希望等我當上妖精女王後，能夠與龍族的王好好談談，簽訂和平條約，但是如果龍族真的毀了水都就不可能了……水都聚集了許多妖精，勢必同樣因戰爭出現死傷，我族將為此更加懼怕並痛恨龍族。要是大家知道龍族就住在隔壁，那會怎麼想……」

身周的純白光芒一閃一閃，逐漸黯淡下來，未來的妖精女王泣不成聲。

妖精一族向來是由光之妖精當王，可是與人類簽訂召喚條約後，妖精數量銳減，某些特別脆弱的妖精幾乎要滅絕，光之妖精即是其中之一。如今光之妖精只剩下兩名，其中一名就是娜羅莎的使魔潘妮塔。

我從沒想過入侵水都一事會影響到幻獸界，若慘劇真的發生，被摧毀的恐怕不只水都，連妖精族都會受到波及。

你爸爸我說過想當拯救蒼生的英雄，現在正是時候。要和平地征服水都就必須召喚雷德狄，雷德狄溫和的能力可以阻止絕大部分的傷亡。

但並不是所有人都支持我的決定，而烏德克是反應最激烈的一個。

「為什麼要召喚啊！你不是能拒絕嗎？」得知情況後，他激動不已地怒斥。

「既然那些蠢龍族召喚師能代替你，為何不乾脆讓他們去就好！」

「我得這麼做，這是身為勇者該做的事。」

「不要再跟我提什麼勇者！既然你想當這種東西，幹麼不去警告賽比西林！幹麼不乾脆叫魔王把王族毀了！」

「烏德克，這個國家需要王族。如果他們死了，整個召喚系統會大亂，國家也會陷入一片混亂，你應該不希望這種事發生吧？」

「……」

「我確實可以警告賽比西林，然而終究還是化解不了衝突。」

「我不懂……」烏德克哭了，他的眼中滿是悲憤與不解。「你為什麼要為一個與自己毫不相干的城市犧牲自己……」

為什麼？

我也很想問自己。

即使我不去做，也會有人代替我完成這個任務。我可以繼續放眼未來，找機會拯救整個世界。

但是這樣的勇者並不是勇者。明知道有個城市即將陷入戰火，卻為了自己的虛榮理想而置之不理，這不是勇者該有的行徑。勇者應該讓世界變得更美好，而不是為了理想冷眼旁觀世界變得一團亂。

「因為我是勇者啊。」我爽朗地對烏德克一笑。「願意犧牲自己拯救毫不相干的人，這就是勇者。」

縱使當不成夢想中的勇者，我也不願意為了理想背棄勇者的真義。

「對不起，我只能想到這個解決辦法。」

我也知道這個方法很爛，跟理想中的勇者差遠了，可是能夠令一切皆大歡喜的勇者並不存在，我所能做到的，僅僅是和平地掠奪別人的領地，以及避免讓龍族與妖精發生衝突而已。唯一可以慶幸的是，我不必選擇到底該拯救人類還是幻獸，只要選擇是否該拯救就夠。

「那你就抱著這個理想去死吧！」烏德克用力推開我，氣憤地邁步離去。

沒能使他明白我的苦心，說不難過肯定是假的。我也不知該如何說服烏德克，只能盼望有一天他會懂得。

令我訝異的是，身處敵對家族的艾莉亞居然理解了我。

她的表情十分冷靜，堅定地表示：「你犧牲性命也要保護的東西，我會代替你守護的。」

這讓我備感錯愕，畢竟幾年前她還嫌棄過我的夢想。「為什麼？妳知道妳在說什麼嗎？一旦去守護水都，妳的丈夫跟兒子該怎麼辦？」

艾莉亞後來與一名平民相戀，畢業數年後便搬出芬里爾家本邸，與丈夫住在另一區。據說這件事在他們家鬧得很大，不過艾莉亞倒是不怎麼在意，她與丈夫過得很快樂，去年才剛生下一個男孩。說起來，你只比艾莉亞的兒子晚幾個月生，如果我沒死，你們應該會是好朋友吧。真希望有機會介紹他給你認識啊，如果可以再活久一點就好了。

「怎麼說呢，與謝夫共組家庭後，我明白了很多事。」她幸福地笑了。「因為有了想保護的人，所以我漸漸能理解為何你們家總是有不要命的魔王召喚師願意犧牲自己。」

「可是，我不會跟你一樣傻到付出生命的，我只要當水都的守護者就夠了。」她滿足地閉上眼，嘆息一聲。「這樣的人生，比成為龍王召喚師有趣多了。與其一生沉淪在爭權奪利之中，我更想要跟你一樣，為了守護他人而召喚。我相信謝夫會理解的，伊萊也是，他可是擁有堅強意志的芬里爾家後代，沒有我肯定也沒問題的。在伊萊能夠完全交給謝夫照顧後，我會代替你去護著水都，直到水都迎來真正的和平。」

艾莉亞的話讓我十分感動，能找到一個人繼承我的意志，繼續守護這座城市，真是太好了。這也讓我更無後顧之憂。

我向國王表示同意接受召喚魔王的任務，並要求他讓我進入次元門所在的房間。在最後，我想面對面跟這個與我通信多年的好友聊聊。

那是我第一次見到雷德狄。他長得很魔王，有一對黑色尖角、慘白的肌膚、高大瘦長的身軀，身上披著厚重的純黑披風，光看長相沒人會懷疑他的身分。可惜這傢伙散發出掩藏不住的小動物氣質，笑容也特別真誠，怪不得克羅安一提到魔王就頭痛。

「你放心，我不會傷到任何人的。可是這樣真的好嗎？」聽我說完之後，雷德狄露出有些猶豫的表情。「你的夢想不是成為眾人心中的英雄嗎？為此犧牲的話，不會有任何人把你當英雄的。賽比西林的人會憎恨你，水都的居民不會感謝你，這個國家的人也一樣，他們只會認為這是你該做的事。」

「這個嘛……我當然會覺得不爽啦。」我無可奈何地笑了笑。「我可是近年來最受矚目的天才召喚師啊，卻落得這種下場。可是有什麼辦法呢？雖然很不甘心，但想想還是算了，我已經擁有很多了。我在人人稱羨的召喚師名門出生，即使父母早逝，不過有弟弟相伴，又有可愛的老婆與孩子，而且還與你們魔族相遇了，要是再讓我達成夢想，我大概會被一堆嫉妒的人打死吧。我已經滿足了，雷德狄。所以當不成英雄也沒關係，只要有人因為我的犧牲而過得幸福快樂就行了。」

雷德狄沉默地注視我良久，最終緩緩點頭。

「我會想你的。」他的聲音微弱，卻真情流露。

「謝謝你，雷德狄。對不起啊，還是沒有幫你找到你在等的人。」看著一臉悲傷跪坐在次元門前的魔王，我忍不住感到遺憾。

雷德狄是隻善良的幻獸，可以的話，我也很想看到他獲得幸福。小時候我聽父親說過，魔王有個在等待的人，只有當兩族之間不再有隔閡時，那個人才會出現。我一直幫雷德狄留意著這個人的下落，可惜直到如今都沒能找到。

雷德狄搖搖頭，要我別介意。

「你們家族的人還真有心，只不過告訴你們某代祖先這件事，從此每一任魔王召喚師都來問我那個人的事。你們為我做的夠多了。」

我微微一笑。「在最後能跟你見上一面真是太好了……我可能是最後一位魔王召喚師了。」

「什麼意思？」魔王愣了。「你不是還有個兒子嗎？」

「是啊，但他不一定會成為魔王召喚師。我的意思是，就算擁有魔王契文，他也不一定會步上我的後塵，因為烏德克他很討厭勇者。在我死後，他大概不是會漠視奈西，就是會想盡辦法讓奈西避免召喚魔王的命運。他痛恨席爾尼斯家的宿命，也厭惡這種犧牲的戲碼，我想如果他有意這麼做，娜羅莎也不會阻止的，這個情況要是真的發生了……便隨他去吧。我也不太希望想看見奈西為了召喚而死。」

雷德狄慎重地點點頭。

「你放心吧，我會尊重他的意見。」他給了我一個令人放心的微笑。

「謝謝你，吾友。認識你很開心，若我們還有緣分，下輩子再見吧。」

在離開這個房間、關上厚重的大門前，我彷彿聽見了雷德狄的哭泣聲。

數百年來，他不知看過多少魔王召喚師逝去，儘管如此，他對每一任召喚師都是這般真心相待吧。他是個很棒的朋友，所以，希望你能跟我一樣幫忙尋找魔王在等待的人，我們唯一能為他做的也只有這件事了。

回到家後，我打開臥房門，只見娜羅莎站在透著溫煦陽光的落地窗前，將你抱在懷中，低聲哼著搖籃曲。她的神情十分溫柔，碧綠的眼眸滿溢著對你的愛，我必須承認我有點嫉妒，因為娜羅莎很少在我面前流露出這種表情。好在我是個成熟的大人，不會跟小孩子計較的。

「烏利爾？」不知過了多久，你媽才注意到我。一看見我，她立刻蹙起眉頭。

「你站在那多久了？幹麼不出聲？」

「人都快死了，多讓我看幾眼又不會怎樣。」

聽我這樣回答，她的嘴角垂下，一副要罵人的樣子，於是我連忙又說：「妳的使魔呢？」

這個問題成功轉移了娜羅莎的注意力，她嘆息一聲，滿臉哀愁。

「王位交接的日子快到了，她最近有很多事要忙。」

娜羅莎會如此憂傷不是沒有原因的，一旦潘妮塔成為妖精女王，她就再也不能召喚潘妮塔了。妖精女王是所有妖精中最為嬌貴的，光是接觸到人間界的空氣都有可能虛弱染病。

一般的光之妖精只要有陽光便能維持活力，然而成為女王的光之妖精必須吸收妖精子民們所貢獻的靈氣，以增強自己的力量，製造出包覆整個妖精國度的結界。雖然能力將因此變強，但體質也會變得異常敏感，無法適應妖精之國以外的地方，更不要說是人間界。

換句話說，妖精女王完全不適合被召喚。只要來到人間界，她的生命就會被削弱，只有待在充滿靈氣的妖精之國才能保持健康。

而且召喚女王的魔力需求量極高，又是附加了特殊條件的金色契文，這令召喚潘妮塔幾乎成為天方夜譚，至少娜羅莎做不到。

雖然你媽媽很堅強，不過身邊最親的兩個人接連要離開，她依舊難以承受，幸好你出生了。

「你真的不後悔嗎？」娜羅莎的聲音悶悶的。「就這樣犧牲自己，一點也不像你。」

「已經夠了。」我從背後環抱住她，滿足地笑。「有一類故事是主角總有一個傳奇老爸，無法當主角的我，只能退而求其次當傳奇老爸了。」

「……臭屁。」

「既然是我兒子，一定很優秀，而且異性緣跟我一樣——等等，我開玩笑！開玩笑的！」

我連忙退了好幾步閃過娜羅莎的踩腳攻擊，看著你熟睡的臉龐，我忽然有些迷惘。

說實話，我不可能滿足的。我還想繼續守著這個家，看著你長大。但即使我拒絕，終有一天還是得召喚魔王。

我唯一能為你做的，只有透過這個時間錄像魔法，告訴你我所知的一切。以守護人類的未來為名，成就這個烏托邦，這就是烏托邦的勇者。你會踏上跟我一樣的道路嗎？我無法得知。

不過有件事我能夠肯定，爸爸我心中的烏托邦絕對不是這個樣子。我想保護的不只是人類，還有幻獸。犧牲幻獸換來的烏托邦我才不要。你呢？你心中的烏托邦又是什麼樣子？

「這件事沒有正確解答，奈西。無論想成爲怎樣的魔王召喚師，爸爸都不會阻止你。你不一定要像爸爸一樣犧牲自己，不一定要召喚魔王，你只需要捫心自問，怎樣的抉擇不會讓你後悔，最後一定會有答案。」

說到這裡，烏利爾盯著空蕩蕩的椅子，表情柔和起來。

「好啦，道別的時候到——」

「烏利爾？」

一個清脆如銀鈴的聲音闖入寧靜的空間，打斷了烏利爾的話。烏利爾愣愣地轉頭一看，奈西隨著他的目光看過去，頓時睜大雙眼。

一名身材嬌小的女子站在書房門口，她有一頭豐沛的棕色長髮，湖水般翠綠的眸子，長得十分可愛。只見她雙手插在腰間，皺起眉頭打量烏利爾，表情就好像抓到他在幹什麼壞事一樣。

奈西曾經聽過父親鉅細靡遺地敘述母親的外貌，所以他知道自己絕對不會認錯。

這名女子，正是他的母親。

奈西喜出望外地看著娜羅莎一步步走到烏利爾身旁，邊走還邊東張西望。

「看你這幾天老是鬼鬼祟祟地在這間書房進出，在幹什麼？該不會在跟其他女生聯絡？」

「沒有啦，怎麼可能！」烏利爾慌慌張張否認，滿面春風地湊了上去。「我在錄像啊，錄給我們的兒子看的，有些話我想親自跟他說嘛。」

過去的西克斯咳了一聲，似乎在提醒這對夫婦不要再將這些耍蠢的互動錄進來。

聽見這番話，娜羅莎露出悶悶不樂的表情，見狀，烏利爾連忙勸慰：「別想太多了，我們的兒子正在看呢，要開心點。」

說著，他笑著捏了捏娜羅莎的雙頰。

「比起這副表情，奈西一定更想看到妳的笑容。妳看，未來的他就坐在那裡。」他伸手一指，娜羅莎隨之看向此刻奈西所坐的地方。雖然當時奈西並不在現場，但望著那張空椅，娜羅莎仍是神色轉柔，好像奈西真的坐在上頭一般。

凝視著她的雙眼，奈西忽然有種想哭的衝動。

「這個錄像，是爲了成爲魔王召喚師的奈西而錄的。」烏利爾輕輕嘆息一聲。

「我擔心那孩子會對自己的未來感到迷惘，所以特地錄下這些指點他。」

「他沒問題的。」娜羅莎的目光正巧與坐著的奈西對上，她露出驕傲的微笑，嘴角浮現淡淡的小小酒窩。「因爲他不是一個人，就算你不在了，他還有我們，以及那些與我們生活在不同世界的夥伴。我們是召喚師，永遠不會孤單一人。」

聞言，烏利爾鬆開皺起的眉頭，嘴角略略上揚。

「沒錯，不會有事的，幻獸是我們最可靠的夥伴，他們會協助你的，奈西。」

他攬住娜羅莎的肩，與她一同望著未來的奈西。

「好啦，道別的時候到了，這魔法不太行，無法錄太久。最後我只想說一件事。」烏利爾燦爛地笑了。那笑容在陽光的照耀下美得有如虛無的幻影，彷彿只要輕輕伸手一觸，便會消逝無蹤。

「我們愛你哦，奈西。無論過了多久，我跟媽媽都會一直愛著你。無論你做出什麼選擇，我們都會接受，我們就是這般深愛著你，並且信任你。所以沒有什麼好畏懼的，放手去做吧。」

聽到這裡，奈西再也忍不住淚水。他哭著朝那既眞實又虛幻的身影伸出手，在他的注視下，父母的影像如同晨霧一般逐漸消散，時間再度回到當今。

望著空蕩蕩的書房，奈西卻莫名有種踏實感。他感覺自己心裡缺失的最後一塊拼圖被補上，曾經因無數寂寞的夜晚而被掏空的心靈，如今塡得滿滿的，他擁有滿溢的愛，一般人有的他一樣也沒少。

頭頂上傳來溫暖的觸感，奈西不禁輕笑出聲，對諾爾露出燦爛的笑。雖然未來仍是未知數，但他相信父母所說的話。

不管將來會如何，幻獸們都會陪在他身邊。

他從來不是一個人。

奈西花了很長一段時間才消化完這份充盈胸口的幸福情感，當準備離開房間順便送西克斯回去時，稍稍冷靜下來的他想到自己還未完全了解母親的死因。

「可是我和媽媽被水都軍隊當成了人質，爲什麼爸爸還是召喚了魔王？」他狐疑地來回看著諾爾與西克斯，渴望能得到解答。

「是的，如你所知，在你父親召喚吾王那天，你母親與你被人抓到水都，用來當作阻止你父親召喚吾王的籌碼，而最後你父親仍是選擇了召喚。」西克斯略顯哀傷地解釋：「雷德狄陛下說，你父母當時並不相信水都的人會放過你，因爲你極有可能是下任魔王召喚師。所以他們才賭了一把，選擇了最有可能讓你活下來的方式……即使這個方式會讓他倆葬身異地。他們的選擇就是召喚魔王。烏利爾相信雷德狄陛下能挽救這一切，但結果……我們的陛下，失敗了。」

聞言，奈西愣在原地許久。

他從不知道自己能活下來，是倚靠著多大的幸運與犧牲。

「但怎麼可能那麼剛好……鄰國本來不會知道召喚魔王這件事才對，一定有人告訴他們——」說到這裡，奈西雙眼圓睜，下意識看向諾爾。

「……」諾爾知道，奈西肯定聯想到當初守在烏德克軟禁處門口的妖精女王召喚師了。畢竟對方的手上居然有妖精女王的契文，怎麼想都不可能是透過正當管道獲取，顯然是藉由告密甚至參與綁架換來的。

雖然明白奈西遲早會問那傢伙的下落，然而這個時刻來得突然，諾爾不太想面對。

「正是你想的那位，宮廷召喚師。上次打包回來後，我們有拷……親切地，詢問出來。」諾爾垂著耳朵，無辜地表示。他乖巧地從亞空間拿出一疊羊皮紙，每一張上面都印著妖精女王的契文。

「本來想找時間，問你，如何處理這些契文。」

奈西愣愣地接過紙張，看樣子諾爾早就知道這一切了，卻沒有把這麼重要的事告訴他。

「為什麼不早點告訴我？那個召喚師呢？」

「你叔叔已經，把事情辦妥了。」諾爾抖了抖耳朵。「那名召喚師，不會再，找麻煩了。至於妖精女王契文，烏德克說，交給你處理。」

「……」奈西感覺諾爾一定隱瞞了什麼，但既然烏德克已經將事情處理完畢，他也不好再說些什麼。烏德克肯定比他更痛恨那個召喚師，也比他更清楚該如何處置，因此奈西覺得自己還是另找時間詢問詳情就好，眼下必須先解決妖精女王契文的事。

「你打算，怎麼做？」諾爾問。

注視著妖精女王的契文，奈西心中沒有任何猶豫。他本來希望能把母親的使魔的契文保存下來，不過聽完父親的故事後，他已經明白怎麼做才是最好的。

「全都燒掉吧。」他用平穩的聲音堅決地說。「妖精女王會生病就是由於頻繁地被召喚到人間界，只要這些契文消滅了，便再也沒有人能頻繁地召喚女王了。」

諾爾點點頭，這確實是最好的辦法。

「那個召喚師為何要做這種事？明明已經是人人稱羡的宮廷召喚師了，還想搶媽媽的契文。」奈西悲傷地說。「就真的這麼想要擁有金色契文嗎？」

「因為金色契文能帶給那些召喚師無可撼動的地位。」西克斯面無表情地解釋，語重心長：「例如那個擁有龍王契文的家族。閣下身上的金色契文也是，縱使閣下不想召喚，以後肯定也會有其他召喚師企圖讓閣下召喚魔王。為了我族，也為了閣下自己，請好好保護自身。」

奈西慎重地點點頭，並將手上的紙張全部摺起來收進口袋，打算等等丟進壁爐裡，而在他的手伸進口袋裡時，摸到了另一樣東西。

奈西愣了愣，這才拿出諾爾剛剛交給他的、來自魔王的信。

他還沒看過內容，跟諾爾聊完天後，他便直接跑來書房聽最後的故事了。魔王是在他父母死去的那天被召喚的，肯定比任何人都清楚當時的情況。

奈西攤開信紙，上頭寫滿了密密麻麻的字，他仔細讀了一遍又一遍。

這確實是一封詳細道盡當天情況的信，也是一封名爲懺悔的信。

當年雷德狄被召喚後，趕到現場卻發現奈西跟娜羅莎已經奄奄一息。

當他絕望地抱著兩人哭泣時，青鳥出現了。他請求青鳥讓奇蹟降臨在奈西身上，青鳥答應了，也從召喚自己的烏德克那裡取走代價。悲傷的魔王完成了烏利爾的遺願，並給了當年策劃綁架的主謀一個懲罰——讓所有人忘記他。完成所有事情後，他製造出奈西已死的假象，將眞正的奈西帶回烏德克身邊。

奈西可以從字裡行間感受到雷德狄有多麼懊悔與悲傷，在信件的最後幾行，雷德狄以清晰端正的字跡寫下這段自白——

我辜負了所有人的期望，沒能拯救你跟你母親。

請你原諒我，奈西。

爲了致上我的歉意，在你有生之年，我族必定鞠躬盡瘁，成爲你的助力。魔族永遠都是你們勇者的夥伴。

看著這段文字，想到父母在錄像最後所說的話，奈西忍不住低低哭出聲。

清晨的陽光溫柔地擁抱冷清的席爾尼斯宅邸，溼冷的微風拂過走廊，帶來一絲寒意。倒楣的黑袍召喚師打開臥房門，才剛來到大廳，便見到與他同居的少年。

少年背對著他佇立在窗前，望向逐漸亮起的穹空，似乎在思考什麼。

「奈西？」烏德克有些疑惑地喚，他感覺到奈西似乎是刻意在這裡等待。

「我已經知道所有事了。不管是爸爸的事、魔王召喚師的事，還是十八年前發生的事。」奈西轉過身，露出柔和的微笑。

「是嗎……」烏德克表情複雜，看起來並不怎麼開心。

「我之前不是在水都實習過一陣子嗎？我有沒有跟你說過那裡的景色？水都有很多漂亮的妖精與人魚，街上熱鬧繁榮，洋溢著和平與歡樂的氛圍，居民們的臉上都掛著笑容，還告訴我雙子龍的故事。」

奈西一邊朝烏德克走去，一邊繼續說：「伊娃也跟我說過，儘管妖精國旁邊就是龍之谷，但兩族的王都有意簽訂和平條約，以後妖精與龍族彼此往來也不再是空談。而讓這一切得以發展至此的功臣，就是爸爸跟魔王。」

奈西在烏德克身前停步，語氣不自覺流露出一絲驕傲。「爸爸的犧牲沒有白費，他阻止了水都被摧毀的命運，也令妖精和龍之間免於衝突。雖然我不知道爸爸的決定是否正確，但我知道，因爲有他的犧牲，許多人類及幻獸才有如今的笑容。」

少年攤開雙手，對烏德克露出燦爛的笑。

「在我心中，爸爸是個英雄哦。他阻止好多可能發生的悲劇，即使明白不會有任何人感謝他，還是義無反顧，這樣的爸爸毫無疑問是個英雄。難道烏德克不這麼覺得嗎？」

烏德克怔怔盯著奈西，顯得有些恍惚。

他呆立在原地許久，最後低喃：「是嗎……原來沒有白費啊……那眞是……太好了……」

說到這裡，他紅了眼眶。

「不但沒有白費，也終於成爲英雄了……恐怕他是預料到會有今天，才能毅然決然地犧牲吧……爲什麼到最後還要這麼料事如神呢？可惡……」烏德克揚起無可奈何的笑容，淚水止不住地滑落。「總是說想當英雄、想當勇者，最後卻選了最爛的方法，眞是個笨蛋，我一直是這麼想的……結果，我才是最笨的那個……」

「當年我知道他要爲了拯救水都召喚魔王後，便不再理睬他，自己悶在房間裡。我只是在賭氣，爲他的抉擇感到憤怒。直到他前往水都那天，向我做最後的道別時，我也依然把自己關在房裡，拒絕接受這一切。因此，當我得知娜羅莎跟你被綁架時，已經太遲了。」

他的聲音充滿了悲傷與痛苦。「哥哥離開之後，我就是席爾尼斯家的家主了，我應該保護你們的……但我……卻沒有做到……那時候我在家裡，作爲這個家最強的召喚師，我竟然沒有發現異狀。」說到這裡，烏德克泣不成聲。「我失敗了，當時的我只是個A級召喚師，面對把你們層層包圍的水都召喚師，我沒有任何能救出你們的方法，於是家主的重擔又落回了哥哥身上。是我沒有盡到自己的責任，才逼得哥哥不得不召喚魔王。雖然後來我賭上一切召喚了青鳥，終究沒來得及挽救。」

聽著聽著，奈西也不禁熱淚盈眶。

「因爲痛恨勇者，所以我始終不願去理解哥哥的想法，也拒絕成爲勇者。即便失去一切，我仍執迷不悟地將問題推給席爾尼斯家的詛咒。然而不是的……這無關詛咒，全都是我自己造成的。」烏德克垂下目光。

「奈西，眞正認識你之後，我才明白自己的錯誤。我原本有機會營救你們，卻因爲我不肯了解哥哥，不肯了解魔族與勇者的因緣，才導致一連串的錯誤。勇者一詞對我們家而言不是詛咒般的頭銜，而是支持我們的信仰。就算這個世界不再信仰勇者，甚至連魔族也如此，還有我們席爾尼斯家族會篤信到最後一刻。如果連我們都放棄了，勇者就眞的消失無蹤了。哥哥他是最虔誠的信仰者，即使會被嘲笑，也不願放棄他的勇者夢；即使會因此犧牲，也不願背棄勇者的眞義。直到死前最後一刻，他仍堅持著勇者的精神……事到如今……我才明白這個眞諦。」

烏德克哀傷地一笑。

「我犯了許多錯，從未體會到哥哥的用心良苦、害你失去了母親，更讓你度過孤單的童年……就算是這樣……我仍是想得到你的原諒。我會去好好了解這個名爲勇者的信仰，作爲一個勇者活下去。你願意原諒我嗎，奈西？」

奈西以擁抱烏德克代替回答。

「不要說什麼原諒不原諒的，你做的已經夠多了……」奈西的聲音帶著鼻音。「要請求原諒的是我，你當初想救的人是爸爸吧？爸爸那麼優秀，又懷抱著夢想，還是和你最親密的家人，結果活下來的卻是我，繼承你最痛恨的詛咒的我。」

他明白的。

烏德克同樣是有血有肉的人，當時一定最希望能救下烏利爾，這位最敬愛的哥哥。結果活下來的卻是他，烏德克會失望也是理所當然。

烏德克頓了一下，沉默良久後才開口：「那時候的我太年輕，承擔不起這等打擊。我將自己一部分的錯誤歸咎到你身上，對不起。」

見懷中的金髮少年僵了一下，身體甚至微微發抖起來，烏德克將雙臂收得更緊。

「你沒有錯，奈西，是當時的我錯了。你跟我一樣沒法選擇在什麼樣的家庭出生，那些事也不是你造成的，這點我很明白，我深深明白……可是我不知該怎麼面對你。我想了很多，也猶豫了很久，但所有苦惱在眞正認識你以後都煙消雲散。愛你是我唯一的答案，奈西。」

聞言，奈西的身子放鬆下來。他含著眼淚綻開笑顏，安心地擁著烏德克。

雖然經歷許多波折，也曾經被討厭，不過即使如此，烏德克最終仍是接納了他，將他視如己出，並犧牲自己的人生保護他。

沒有被拋棄，眞是太好了。

「一切都過去了，現在的我很感謝哥哥跟娜羅莎。」烏德克懺悔似的垂下頭，靠在奈西的肩窩。「奈西，謝謝你不計前嫌，原諒我這個愚笨的叔叔。」

奈西嘆息一聲，滿足地閉上雙眼。

他語帶笑意開口——

「過去的恩怨就讓它隨風而逝吧。這是屬於我們的時代，我們要以適合自己的方式活下去。」

「我眞是太喜歡看這種大圓滿的場景了。」從方才開始便躲在暗處偷窺叔姪倆的骷髏管家忍不住抽泣幾聲，拿出手帕擦了擦眼窩。

「你沒有淚腺。」站在他旁邊的諾爾面無表情吐槽。

「這只是做做樣子。」像是不滿諾爾破壞了氣氛，艾斯提有些責怪地說。「只是在人間界待久了，行爲舉止變得比較像人類罷了，我還會泡澡呢。」

諾爾實在不明白骷髏這種沒溫度的生物有什麼好泡澡的。

艾斯提嘆了一聲。「你認爲未來會如何呢？奈西會步上他爸爸的後塵嗎？」

「未來的事，未來再說。」諾爾聳聳肩。「怎麼做才是最好的，在被下令召喚魔王之前，奈西一定會，有答案。」

「也是，反正召喚魔王不是什麼急迫的事，眞要召喚也得等到他畢業呢。」艾斯提望著臉上面帶笑容的兩位召喚師，語氣染上一絲笑意。「還有很多時間慢慢想，在這之前，先好好享受現在的生活吧。」

第十章

在了解過去的故事，並與烏德克彼此吐露心聲後，奈西覺得過往的遺憾終於統統不復存在了。

現在的他十分滿足，不僅回到自己原本的家，在學校有要好的朋友，身邊也有一群幻獸陪伴，這樣的日子再好不過。對未來已經稍微有點想法的他，也決心在課業上好好努力。

可惜的是，奈西下定決心的隔天就踢到了鐵板。

「你們的報告不合格，回去重寫一份。」

當幻獸研究學的老師將報告退回給奈西三人時，班上一片鴉雀無聲。

眾所皆知，這位老師雖然嚴格，但只要好好完成作業、考試不作弊，他就不會刁難人。他可以放成績在及格邊緣的同學一馬，卻絕不會輕饒投機取巧的學生。

由於學校裡只有這麼一個幻獸研究學老師，大家也都習慣他的作風了。可想不到，今天居然會發生這種事。

而且被退件的還是由召喚師名門組成的小組。

整體成績向來是學年裡最優秀的伊萊沉默了。對於人生中首次出現不合格的汙點，伊萊一時不知該如何反應。

向來在學科測試拿下最高分的修迪也沉默了。他這麼努力地保持成績，卻在大庭廣眾下被老師說不合格，天知道傳到宮廷裡會成為多大的笑話。

奈西呆了呆，茫然地問：「呃，老師？為、為什麼不合格？我們有好好地訪問幻獸，並根據他的習性寫出這份報告，為什麼……」

「你要我嗎？」老師毫不留情地駁斥。「我當然知道你有訪問，問題是你們想投機取巧。明明訪問的是很單純的種族，卻刻意在報告裡捏造成魔族，妄圖取得高分！」

他一把將他們的報告拍在桌面上，怒喝：「膽敢跟我說這份報告是魔族研究報告！內容分明是山羊研究！」

在場所有人無語了。

「我對你很失望，奈西。身為一個魔族召喚師，竟寫出這種東西。魔族是複雜而多樣化的生物，然而這份報告中的幻獸習性與生態和山羊無異，你以為將幾個地方改成魔族所具備的特點，就能當成魔族報告了嗎？少瞧不起魔族了！」

「……」

「明天重新補上一份魔族報告，沒交就不用來考期中考了。」

「……」

「又是那隻臭羊！你怎麼不召喚出來讓我掐死他！」一放學，伊萊便崩潰了。

「說起來，你第一次召喚到那傢伙就搞砸了期末考對吧？那隻羊根本是成績殺手！我非揍他不可！」

「諾、諾爾他不是故意的啦……最初那次是我不爭氣，這一次也是誤——」在奈西絞盡腦汁想為諾爾說話時，修迪又補上一槍。

「奈西同學，你居然敢讓本王子蒙羞，該不會以為解釋幾句就算了吧？」基於有旁人在場，修迪用優雅的語氣質問，卻令奈西不寒而慄。

「我我我——」

「不干奈西的事，你別想找他麻煩。」伊萊瞪了修迪一眼，逕自攤開魔導書，翻到印有黑羊畫像的頁面。

經歷過霍格尼的事件後，為防萬一，伊萊讓諾爾在魔導書中留下了契文。召喚一隻強大的幻獸出來只為了開罵，伊萊也沒想到有天自己會做這種浪費魔力的事，但這一次他真的忍不住了。

「咦？你的諾爾怎麼怪怪的……」奈西隨意掃了一眼，頓時以為自己看錯了，於是又湊過去仔細看了看，隨即噗哧一笑。

魔導書上的諾爾是幻獸形態，只見他背對著他們趴在地上，展示毛茸茸的羊屁屁與後腦，不屑之意顯而易見。

「啊啊啊！越看越令人生氣！召喚，魔羊諾爾瑟斯！」

召喚陣浮現，門內立刻傳來哀號。

「不會吧？居然這時候被召喚？大富翁才剛開始玩呢。」

「下次。」

隨後，一隻黑羊悠哉地跳了出來，手上還拿著一塊蛋糕。他邊嚼邊淡定地確認這次召喚他的是誰，結果一看到奈西便開起小花，撒嬌似的抱住金髮少年。

「你夠嘍，這次召喚你的人是我，給我過來。」伊萊冷冷地下令。

諾爾的小耳朵抖了一下，躲到奈西背後，用委屈不已的語氣說：「奈西，他好像想，虐羊。好可怕，救我。」

奈西一聽這可憐兮兮的聲音便心軟了，報告什麼的全拋到腦後。他好聲好氣地安撫伊萊：「好了啦，這次的事說起來我也有錯，是我選錯對象了，不要怪諾爾——」

「你不要又著了他的道！給我過來！可惡，爲什麼發動不了契文！」伊萊氣急敗壞地跑過去想抓諾爾，但諾爾滑溜一閃令他撲了個空。

諾爾一邊繼續吃蛋糕一邊躲避伊萊，還有空拉上奈西的手準備帶人離開。

「給我站住！召喚你的人是我，你想去哪裡！」

「把他留下，我們的報告還沒完成，事情不會就這樣算了。」

「諾、諾爾……先等等，我們要討論報告。」

在奈西的勸阻下，諾爾總算安分下來，滿嘴蛋糕的他聽著奈西說明召喚他的原因，簡單來說，就是他又把奈西的成績搞砸了。

「總而言之，明天之前我們要交出另一份魔族研究報告……諾爾，你覺得訪問誰比較合適呢？」奈西無奈地徵詢。

在諾爾回答之前，修迪搶先表示：「已經不是訪問誰的問題了，要扳回老師的印象分數就必須交一份詳盡的報告，最好S級到E級都訪問，並分爲先天與後天魔族，還要根據在深淵的居住地……」

專精學科的王子殿下滔滔不絕地列舉，聽得奈西臉都綠了。先不說先天與後天，S級到E級各來一隻是要怎麼做到啊？要是辦得到，他還用得著待在這裡嗎？

「……但我也知道，憑你那點魔力召喚不了這麼多幻獸。」在修迪說出「那點」這個詞時，伊萊面無表情地一瞥。「所以最好的方法是去你家做作業。你家有很多魔族對吧？」

「呃，有是有……但不只魔族……」奈西有些心虛地別開眼。

「那就夠了，走。已經沒有時間在這裡瞎耗，報告趕不完就通宵，聽到沒？」

「好……」自知理虧的奈西只能嚥下這口氣，乖乖聽話。「我們走吧，諾——」

「啊啊啊！」話還未說完，諾爾很自動地化為大黑羊，而他的身旁「剛好」站著修迪，想當然爾，修迪馬上被他龐大的身軀撞倒。

修迪慢慢從地上爬起來，深吸幾口氣，臉上雖然帶著微笑，卻笑得令人發寒。

「你故意的嗎？」

諾爾無辜地躲到奈西背後，發出可憐的低哼。

「好了啦，你們不要一直找諾爾麻煩。」奈西一邊安撫山羊，一邊好言相勸。他看了看修迪與伊萊，最後回頭小心翼翼地問諾爾：「今天一起載伊萊跟修迪好嗎？」

諾爾還沒開口，伊萊已經先冷著一張臉拒絕：「不用了，我自己有坐騎。」

而修迪完全沒料到奈西打算以這麼庶民的方式回家，他以為是坐那輛詭異的幽靈馬車，所以方才還派幻獸去通知家裡的車夫不用來接送。

他臉色難看地望著諾爾，大黑羊又可憐地哼哼幾聲，用哀怨的聲音對奈西說：「有毒。」

「……」

「你放心，人類不會因爲跟有毒蛇接觸就變得有毒的。」奈西無奈地說。

「你們家的交通工具不是那輛鬼馬車嗎？什麼時候變成這個畜生？」修迪皮笑

肉不笑地問。

「早上烏德克老師下樓的時候，從樓梯上摔下來，所以今天請假休息，我也不想麻煩他特地派艾斯提接我放學。」

此話一出，兩位青梅竹馬都無語了。

「好吧，不過看好你的羊，別讓他亂來。」修迪暗中瞪了諾爾一眼，但諾爾完全不甩他，一個勁兒地蹭著奈西。

「……我盡量。」事實上奈西也明白諾爾一肚子壞水，如果真要亂來，他也阻止不了，只能祈禱等等諾爾會乖一點了。

此刻，烏德克與他的骷髏使魔站在宅邸的庭院中，留在家裡的伊娃與亞蒙也在他們身旁，四周還有好幾隻地精，大夥兒七嘴八舌討論著。

奈西買回種子以後，烏德克及一眾幻獸決定一同幫忙整理荒廢已久的庭院，得知烏德克今天打算規劃庭院藍圖，伊娃立即自告奮勇留下來看家，還拉著上次陪同採購種子的亞蒙一起。

「我說美麗的庭院就是要種玫瑰啊，把這裡改建成玫瑰園不好嗎？」亞蒙攤開雙手，用慵懶迷人的嗓音表示。

「玫瑰的香氣會干擾到伊娃的迷魂粉，不要。」伊娃嘟起嘴，不太高興地反對。

艾斯提一邊聽取意見一邊振筆疾書，他思索了一會兒，開口提議：「玫瑰我也挺喜歡的，我看不然就一部分——」

伊娃摟住他的手，露出甜甜的微笑撒嬌地說：「這件事就聽伊娃的嘛，艾斯提哥哥。」

「——我看還是算了吧。」效果拔群，艾斯提隨即語帶笑意改口。

「艾斯提。」對於自家使魔如此輕易地被說服，烏德克忍不住無奈。這時候，他的背後傳來一道有些狼狽的聲音。

「我回來了……」

「奈西？你回來——」烏德克說到一半便默了。

望著奈西一行人，他眞不知該先問爲何把討厭的芬里爾家與貝卡家的孩子帶回來，還是先問爲何他們全身上下溼淋淋的。

沒錯，三個少年召喚師加上一頭山羊還有一隻龍，除了龍以外，全像是從水裡撈起來一樣渾身溼透，而除了奈西以外，另外四個傢伙臉色都超臭。

「……發生什麼事？」最後，烏德克選擇用一次涵蓋所有疑問的地圖砲式問法。

「我帶伊萊和修迪回來寫報告，在回家的途中，諾爾載著我跟修迪路過河邊，不小心……打滑讓修迪摔下去。雖然修迪抓住了諾爾的腳，但諾爾沒站穩，所以我們都摔進河裡……」

「我是被諾爾上岸後甩身體弄溼的。」伊萊補充，表情十分難看。好心被羊欺，他特地下龍關心這幾隻落湯雞，結果卻被諾爾甩得一身水。這傢伙不是羊嗎？爲何會像條狗一樣甩掉身上的水啊，有病嗎！

「哎呀，你們怎麼烏德克上身了，還好嗎？」艾斯提脫口而出的過分比喻讓烏德克眼神都死了。

「啊哈哈哈，王子殿下你看起來眞慘呀，充滿了庶民氣息呢。」一旁的亞蒙沒良心地嘲弄。

「你怎麼會在這裡？」修迪瞪了亞蒙一眼，再瞪向奈西，奈西心虛地移開目光。如今這裡沒什麼需要修迪刻意維持形象的對象，因此他完全卸下了僞裝。雖然正確來說，當他從河裡爬出來時，就已經氣到拋開形象了。

「你不是嫌我在宮中礙眼嗎？既然如此，我來這不是正好？」有如安撫一個無理取鬧的孩子似的，亞蒙無可奈何地攤手，接著瞄了奈西一眼，嘴角勾起意味深長的微笑。

「還是說你在嫉妒？」亞蒙邊說邊攬住奈西的肩，狀似親暱地黏上去。「我哪個地方不去，偏偏跑到你最在意的勇者身邊來，眞是對不起哦，我不是故意的。」

「誰嫉妒你！」

「奈西，你離這傢伙遠一點，我爺爺說過蛇族不是什麼好東西，這傢伙八成有毒。」

「羊沒有毒，所以養羊最實在。」

烏德克看著不知不覺吵起來的一群人，忍不住長嘆一聲，頭痛地扶額。

「這點還眞是遺傳到他爸。」

「你們家怎麼能陰森成這樣，明明是大白天，都不開燈的嗎？」走在冷清的長廊上，修迪忍不住嫌惡地抱怨。

「因爲只有兩個人住，開太多燈很浪費，所以只有一些比較常使用的區域會開燈，再說……」奈西瞄了諾爾一眼。「魔族也很喜歡這樣的環境啊。」

「眞是夠了，怪不得你們家老是被覺得像鬼屋。」修迪邊說邊暗暗鄙視這個家族的品味。

走廊不僅陰暗冷清，牆上還掛了許多牛鬼蛇神的魔族畫像，根本不是能安心住人的地方，可一旁的魔王召喚師與他的魔族夥伴卻放鬆地邊走邊聊，修迪覺得席爾尼斯家果然是怪胎一族。

奈西領著眾人停在一扇門前，有些猶豫地開口：「到了，這裡就是我們家的澡堂。」

事實上他並沒有用過，因爲平時他都是在自己臥房附設的浴室洗澡，但艾斯提表示目前澡堂剛好可以使用，他就帶著大家過來了。不過仔細想想，烏德克在院子研究園藝，而他才剛回家，爲何澡堂會是能夠使用的狀態？

他的疑惑在開門的瞬間獲得了解答。

化爲人形的紅龍放鬆地靠著浴池哼歌，一頭紅色長髮在水面散開，同爲紅色的肉翅也伸展開來，看得出來這位大爺心情很好，水面下的尾巴正以規律的速度緩慢搖晃著。

眾召喚師無語了一會兒，最後伊萊和修迪一同看向站在他們中間的奈西。

「呃，我、我下午召喚他時，確實有叮嚀他要好好看家的。」奈西尷尬地低下頭。

他下午在學校召喚出霍格尼時，明明交代過要認眞看家，但顯然又被當耳邊風。看樣子這隻龍越來越懂得享受了，剛開始被他長時間召喚還不知該做什麼，現在休閒活動越來越多樣，還會自己到澡堂泡澡了。

「看什麼看？要用就進來，不用就滾出去。」雖然是被召喚到別人家，霍格尼的態度卻像是這個家的主人一般。

「眞是夠了，你到底管不管得好幻獸？爲什麼你家幻獸一個比一個還欠揍！而且這是怎樣，你不是魔族召喚師嗎？爲什麼要收服龍跟蛇？收集敵對家族的幻獸有意思嗎你！」修迪越說越氣，忍不住揪住奈西的衣領，然而下一秒諾爾便將他拉開，一臉淡定地說：「收集敵對家族的青梅竹馬也沒意思。」

「……」

「走，去泡澡。」不等修迪反應，諾爾迫不及待地推著奈西進去。

諾爾早就希望能夠搬到一個有澡堂的家，如今願望總算實現。這間澡堂相當寬闊，整個空間是清冷的石灰色調，除了中央那座幾公尺長的大浴池以外，更衣室和衛浴也都齊備，浴池中甚至還有分深淺水區，讓諾爾十分滿意。

由於幻獸是崇尚自然的生物，所以如果想洗熱水澡都是去找尋天然溫泉，可惜艾爾狄亞沒有溫泉，貧瘠的深淵更不可能有。即便在奈西家洗過熱水澡，但可以的話，諾爾還是很想以獸形試試看。

直到面臨脫衣，奈西才驚覺一件事，這不就代表他要裸體面對其他人嗎？諾爾跟霍格尼是幻獸，他還比較能接受，可是現在這裡不僅有兩個人類，還是跟他同年紀的。

奈西忽然有點胃痛，不過他很快拍拍臉頰振作起來。

「不行，我必須克服，正常的男性不會在意這種事！我現在什麼都擁有了，接下來必須學習融入正常人的生活！」

「你在自言自語什麼，怎麼還不過去？」伊萊納悶的聲音從身後傳來，奈西反射性轉頭，目光不自覺地往伊萊頸部下方看去。

伊萊的身材偏瘦，不過看上去十分結實，能隱隱瞧見被圍在下身的浴巾遮掩住一半的人魚線。雖然體格沒有諾爾那麼好，以不須動武的召喚師來說，也算相當不錯了。

奈西呆呆地看著自家竹馬。

「奈西？」伊萊疑惑地呼喚一聲，這才讓奈西回過神。

「爲什麼……」他回神後第一件事就是摀住臉低吟。「連你的身材也那麼好，諾爾騙我，這才是一般男性該有的樣子吧？」

「沒騙你。」一旁的諾爾聞言，硬是把正要入池的修迪拖過來。

「幹什——」

「看。」

「眞的耶。」

「什麼意思啊你！」

奈西欣慰的目光徹底激怒了修迪。他承認自己的身材瘦弱了點，但這很正常好嗎！他既是個召喚師，又是養尊處優的王子，沒什麼肉本來就很合理。

「我們是召喚師，鍛鍊身體幹麼？赤手空拳跟幻獸搏鬥嗎？」奈西安心下來的神情讓修迪越看越來氣，他咬牙切齒地質問，瞪了在場所有人一眼，最後目光停在伊萊身上。

伊萊咳了一聲。「鍛鍊體魄乃是芬里爾家的基本課題，為了擁有堅強的意志，訓練自身也是必不可少的。」

奈西忽然想起伊萊的爺爺納尤安，怪不得那個人能穿上重達幾十公斤的鎧甲，芬里爾家的男人從身體到內心都是個漢子。

「芬里爾家眞是不容易啊……」明白家家有本難念的經這個道理後，奈西便釋懷了，甚至大剌剌地盯著伊萊的上身，看得銀髮少年有些不自在。正當伊萊想開口時，奈西的手忽然放到他的腹部上。

「哦哦，伊萊的身體也好結實呢。」奈西滿臉新奇，無視伊萊僵硬的模樣，把人家的腰側腹肌摸了個遍，還一路摸到胸膛上。「伊萊，你是怎麼鍛——」

嘴上問到一半，他抬頭看見伊萊紅透的臉，這才驚覺自己做了什麼好事。

「啊啊啊！對、對不起！」他往後彈開一步，頓時也被自己的冒失舉動弄得整張臉漲紅。「諾爾摸慣了，不知不覺就……」

「摸慣了？」伊萊馬上回過神，對諾爾投以冷峻的目光。

「這、我、我……」不小心自爆出跟羊羊之間的親暱互動，奈西簡直想挖個洞把自己埋起來。雖然他覺得幫一隻羊洗洗摸摸搓耳朵沒什麼不對，但這種事他們私底下做就好了，讓別人知道實在很尷尬。

最後奈西腳底抹油，倉皇逃離現場。「我先進浴池了！」

當事人落跑了，伊萊只好看向當事羊。可惜諾爾擁有超級厚臉皮，即使被這般冰冷的目光瞪視，他也只是聳聳肩。

「當寵物，被主人摸摸，是很正常的。不滿的話，就來當寵物。」

「……」

「急什麼？等等滑倒我可不管──」霍格尼滿臉莫名其妙看著奈西匆忙衝進來，結果他話才說到一半，奈西便一個打滑，整個人摔進浴池。

他無奈地深深嘆息。怎麼訓練這小鬼一年多了，還是這副沒用樣。

霍格尼尾巴一捲，把落在身旁的少年打撈起來。

「嗚哇，謝謝……」奈西咳了幾聲，被捲到霍格尼身旁坐下，不過他人都坐好了，那條尾巴卻仍纏在他的腰上。

「都過多久了，你怎麼還是那麼瘦？」霍格尼皺起眉頭。「人類怎麼這麼難養？明明吃好穿好還是瘦得跟皮包骨一樣。」

「沒那麼誇張，我還是有肉的。」奈西無奈地說，試圖把那條弄得他發癢的龍尾移開。

「我說你啊，再怎麼樣也不用坐得離那條龍那麼近吧？那傢伙可是災厄之龍，沒控制好會被咬死的。」一旁準備踏入浴池的修迪看到奈西的情況，又有意見了。出身自貝卡家的他，光是要與幻獸同池泡澡就已經有點抗拒了，現在看到奈西不但毫無防備地坐在不知在王城造成多少次騷亂的紅龍身邊，還任憑對方的尾巴纏在自己身上，修迪便覺得更加不順眼。

霍格尼毫不在乎地挖挖耳朵，朝走過來的諾爾一抬下巴。「那個啥，你這傢伙常說什麼讓人類放鬆警戒心？」

「我很溫馴。」

「就是這個。老子溫馴得很，沒必要像個娘們似的提心吊膽。你看這小鬼都乖乖給我纏了。」

紅色龍尾挑逗似的滑過奈西的胸口，浮出水面，尾端擺了擺後抬高少年的下巴。奈西唔了一聲，有些困擾地推開。「很癢耶，別鬧了啦。」

霍格尼的動作很輕柔，一片片龍鱗滑過肌膚，讓奈西有種說不出來的搔癢感。

「最好有人會相信這個世紀大謊言。」伊萊一邊入池一邊冷冷駁斥。

掙扎了半天，奈西好不容易才把尾巴從身上扳開，紅色龍尾卻隨即猛然從他手中溜出，再度捲住他的身子。他錯愕地抬起頭，大量水花忽然從身後襲來。

只見原來是某隻大山羊非常白目地從池邊跳下，龐大身軀所濺起的大片水花將所有在浴池裡的人與獸潑得一身溼。

「……」

大山羊無視眾人無語的目光，從池中冒出一顆頭，滿足地輕嘆一聲，瞇著眼睛泡起澡來，若無其事的模樣讓伊萊和修迪又暴怒了。

「你這傢伙能不能有一天不耍白目？」

「真是夠了，跟一隻畜牲泡澡就是這般品質低落。」

因為被霍格尼及時用尾巴捲過去，與諾爾距離最近的奈西才沒有被剛剛的衝擊沖走。他無奈地看著諾爾，本想出聲念幾句，但見諾爾這麼舒服的樣子又打消了念頭。

原來諾爾一開始就打著以幻獸形態泡澡的主意，怪不得剛剛沒看見諾爾脫衣服，而霍格尼因為獸形比浴池面積還大，所以只能把衣服脫了以人形泡澡……嗯？

奈西扭頭注視霍格尼。

人高馬大、體型壯碩的霍格尼如今脫下暗紅鎧甲，精實健壯的身材一覽無遺。魁梧的身軀沒有一絲贅肉，結實肌肉的線條十分漂亮，說是猛男一點也不為過。

望著這身健康的小麥色肌膚，奈西興沖沖地搭上霍格尼的手臂，一臉期待地開口了——

「霍格尼霍格尼，你現在如果化爲幻獸會是什麼樣子？」

此話一出，在場的另外兩名少年齊齊看過來，連諾爾也睜開眼睛瞧著霍格尼。

「……」

霍格尼沉默良久，最後哼了一聲，甩開奈西的手。

「幹麼告訴你。」

奈西發出失望的哀鳴，霍格尼的反應讓他更加好奇了，小腦袋已經禁不住開始想像，道理大概跟去鱗的魚一樣，去鱗的霍格尼可能長得跟魚差不多——

「你這小鬼不要給我亂想，小心我吃了你。」

聞言，伊萊和修迪的神經都緊繃起來，奈西只得趕緊安撫：「沒事的，這只是玩笑而已，別緊張。」

霍格尼哼笑一聲，上下打量了奈西一番，嘴角勾起有些邪氣的笑。「雖然沒什麼肉，但我倒覺得看起來挺好吃的。」

「奈西你過來！」伊萊立刻從池中站起來，試圖把奈西扯過去。

奈西困惑地看著神色慌張的伊萊和表情嫌惡的修迪，明明都說是玩笑了，怎麼霍格尼隨口補了一句後，他們又不相信了？

看樣子他還太軟弱，無法讓別人相信他與他的幻獸。想到此處，奈西忍不住嘆口氣，摸摸霍格尼放在他身後的尾巴聊表安慰。

直到泡澡完畢，伊萊仍是一副相當警戒霍格尼的樣子，修迪的目光則像是在看一個怪胎，盯得奈西渾身不自在。

「你離那些幻獸遠一點，他們都不是什麼好東西。」伊萊又戒備地想將奈西拉走，但奈西咦了一聲，捧著毛巾，有些困擾地說：「可是我要幫諾爾擦擦。」

「……」

「不過是頭山羊，放戶外晒一晒自己就乾了。」這番折騰下來，修迪再一次確定了自己跟奈西合不來，像奈西這樣的召喚師在他眼裡完成不成體統。

「受不了，你就是這樣才沒辦法跟幻獸建立明確的主僕關係，根本是個失格的召喚師。」

修迪一邊把自己的身子擦乾，一邊冷冷表示，然而他才剛說完，一大片水花便潑到他身上，再度讓他跟剛從河裡撈起來一樣溼。

元兇當然又是諾爾。剛從浴池裡出來的他像隻狗似的全身用力甩了甩，站在附近的人全被波及。以前的他是不會這招的，但自從菲特納告訴他，這樣做能很快弄乾身體後，諾爾就愛上甩水了。這種便於自己又可以陷害別人的招數，他怎能不用呢？

「夠了我要揍死你這白目！」

諾爾無視怒吼的修迪，逕自化為人形，邊閃躲攻擊邊將奈西拉到角落，拿起架上的毛巾幫忙擦頭髮。

奈西露出開心的笑容，溫順地接受服務。擦乾頭髮後，諾爾用毛巾包住奈西的耳朵，輕柔地抹去水珠，又順道滑過頸子與鎖骨。隨後輪到奈西招招手，讓諾爾低下頭，也幫諾爾擦起頭髮。

諾爾瞇著眼睛享受這種近似按摩的感覺，不久，奈西開始擦那對獸耳，先是揉了揉，接著仔細拭去耳朵內的水珠，整個過程都舒服得讓諾爾難以言喻。

「你說，我什麼時候才能取得大家的信任？明明已經是A級召喚師，並成為勇者了，可是如何讓人信賴又是另一回事。」奈西以只有彼此聽得到的音量低聲問。

他以為考上A級召喚師後，一切就能順利了，但在王城仍有許多人不相信他是魔王召喚師，在學校又把作業搞砸，而他也無法讓伊萊與修迪相信霍格尼的話只是玩笑，奈西真心覺得自己還有很多需要努力的地方。

諾爾拿下一條浴巾裹住少年纖細的身軀。

「慢慢來。沒有人，一開始就做得好的。」望著這個急於長大的少年，諾爾的嘴角勾起一抹淡笑。

他的小主人在這幾年裡已經有了很大的成長，身邊也多了不少夥伴。奈西不像自己的爸爸一樣什麼都很優秀，反而許多方面都很笨拙，然而正是這樣的奈西，才讓諾爾產生想要守護的衝動。

他生於幻獸與人類不再互相憎恨的時代，也繼承了期盼和平的意志，儘管他知道這個世界並非那麼簡單，卻仍是想與他的召喚師一同走向他們理想中的未來。

似乎察覺到了什麼，在他的注視下，奈西展露笑容。

只要這個笑容一直存在，對諾爾而言，這裡就是最理想的烏托邦。

（未完待續）

番外　給十年後的你

某個晴朗的假日，席爾尼斯一家終於敲定了庭院的規畫，打算動工。縱使據克羅安所說，這座院子已有近百年呈現寸草不生的狀態，不過眾人依舊沒有放棄希望。捕捉神鹿的想法雖然落空了，但伊娃找到了一個方法。

「伊娃的同族也有辦法讓這裡恢復生機哦。」伊娃得意地表示，於是奈西等人在伊娃的安排下訂了個良辰吉日，展開庭院復原工作。

由於需要召喚的妖精數量眾多，所以奈西打算把所有魔力都拿來召喚妖精們，而烏德克則留下艾斯提，並以剩下的魔力召喚地精。

「我準備好嘍，出來吧，伊娃。」奈西面帶微笑喊了聲，地面霎時浮現一座召喚陣，以伊娃為首，繽紛美麗的妖精們一個個隨著飛了出來。

伊娃高興地轉了一圈，高舉起雙手。「接下來就拜託大家嘍，加油！」

妖精們嬌笑著飛舞，逐漸排出隊形，一名手持巨大荷葉的藍色妖精被幾隻顏色如綠葉般鮮嫩的森林妖精手拉手圍在中間，而森林妖精們之外又圍了一圈色彩繽紛的花妖精。

在眾目睽睽之下，藍色妖精仰頭高唱起來。她的歌聲清澈嘹亮，在她開口後，其他妖精紛紛配合著旋律合唱。

妖精們的歌聲稚嫩而清亮，雖不像人魚那般驚豔全場，卻猶如溫暖的春風拂過，使在場的聽眾們不禁感到心曠神怡。

晴朗的天空慢慢轉陰，而後下起綿綿細雨。

「傳說妖精的祈雨之歌擁有令大地復甦的力量，果然是真的。」烏德克抬頭望著滿天晶瑩透明的雨絲，忍不住低語。他朝奈西招招手，奈西乖巧地走過來，他溫柔地替奈西拉上召喚師袍的兜帽遮雨。

奈西露出笑容，也伸長了手爲烏德克拉上法袍的兜帽。

溼潤的土壤散發出淡淡的特有氣味，烏德克的思緒不知不覺回到過去。很久很久以前，席爾尼斯宅邸所在的這裡也下過一場大雨。

「在你爸爸即將成年時，我跟他在這片院子裡玩過一個遊戲。那陣子一連下了好幾天的雨，乾燥的土壤難得變得溼軟，於是烏利爾興沖沖地拉我去埋瓶中信。」

「瓶中信？」

「就是寫信給十年後的自己，放入空瓶中埋進土裡，等十年後再挖出來看。雖然當時的我覺得這對壽命短暫的勇者來說，根本沒什麼意義，但還是被哥哥拉去玩了。」

聽到這裡，奈西笑出了聲。不過想到自己的父親再也無法參與這個遊戲的後續，他又感到有些哀傷。

十年早已過去，當年一起埋信的人卻也早已不在身邊，這對烏德克而言肯定是個悲傷的遊戲，然而奈西還是想知道信的內容。「後來你有去把信挖出來嗎？」

烏德克搖搖頭。「就算挖出來也沒有意義了，烏利爾已經死了，不管他當初寫下什麼，都再也沒有實現的可能。」

如今別說是十年，二十年都過了，烏德克依然沒有把瓶中信挖出來的勇氣，他知道自己看了只會徒增痛苦。

但是見奈西難過的樣子，烏德克不禁安慰：「如果你想知道信的內容，可以去挖挖看，我記得在這附近。」

他對信的內容沒有興趣，不代表奈西也是。成長過程缺少父母陪伴的奈西，肯定會想知道自己的爸爸當年究竟寫了些什麼。

對一般人而言，十七歲是個即將成爲大人，開始思考未來的年紀。可對他們勇者而言，十七歲卻是最難熬的一段時光。一旦成年，自由便會離他們而去，這一生究竟是爲國捐軀還是爲國捐子嗣，全看成年的那一刻。

那時候的烏利爾究竟爲十年後的自己寫了什麼，烏德克認爲自己能猜到大概。依自家哥哥的性子，肯定會在信中訴說夢想。

他曾經對烏利爾滿口的英雄夢感到厭煩，但如今若時間能夠重來，他願意花上一輩子去傾聽哥哥的夢想。

「咦？是這裡嗎？」

「嗯，妖精對非自然界的東西很敏感，這下面肯定埋了瓶子。」

在烏德克沉浸於過去時，奈西已經與艾斯提、伊娃以及唱完歌的妖精們展開尋找瓶子的行動。只見一群妖精圍繞在奈西身邊，拉著他的召喚師袍嘰嘰喳喳，一致指向樹旁的一處地面。

得到妖精們的提示，艾斯提二話不說挖開土壤，才挖沒多久便找到了塞入信紙的兩個瓶子。

在烏德克的指認下，奈西拿起烏利爾所埋的瓶中信，小心翼翼地拔開瓶塞，將裡面的信倒了出來。

奈西發現他父親的字和本人的性格一樣，張揚而自信，說得好聽一點是龍飛鳳舞，說得難聽一點就是非常潦草。

才看了開頭第一行，奈西便驚呼一聲，與艾斯提面面相覷。

「怎麼了？」見奈西停下閱讀，烏德克面露疑惑。難道拿錯了？

奈西有些雀躍地小跑步過去，將信交到烏德克手上。

烏德克納悶地攤開信紙，他認爲自己已經很了解烏利爾了，但第一行字便脫離了他的想像。

不只如此，整封信的內容都出乎他的預料。

給十年後的烏德克：

嚇到了嗎？我的瓶中信居然是寫給你的，哈哈哈。

其實我對寫信給十年後的自己沒有興趣，也不想寫什麼夢想，因爲我很清楚，我的夢想不會改變。我希望成爲一個英雄，十年後的我肯定也會這麼想，並爲此努力。

所以瓶中信對我來說沒什麼意義，十年後的我即使還活著，八成也沒動力拆開來，我想會看到我的瓶中信的，大概只有你了。

我可以預料到十年後的我，卻無法預料到十年後的你，因此才想藉這個機會寫信給你，誰叫你常常一副不快樂的樣子呢？

天才如我總是有辦法逗所有人開心，用我的救世主光環拯救那些意志消沉的人，唯獨你，我無法讓你快樂。明明跟你有同樣的處境，也該是最了解你的人，然而我的行爲常讓你感到生氣與不解，雖然很想讓你開心，卻無能爲力。

所以，我希望當你看到這封信的時候，已經擺脫魔王詛咒的陰影，重新露出快樂的笑容。

我不求你當一個偉大的勇者，也不要你承擔起席爾尼斯家的宿命，我只希望，你能成為一個快樂的人。

十年了，如今的你幸福嗎？

有按時吃飯嗎？沒有為了讀書廢寢忘食吧？

要多多外出散步，呼吸一下新鮮空氣，不要老是待在屋子裡。雖然沒人管你了，也要好好照顧自己。

願你看到這封信的時候，已經能夠展露笑容，放下悲傷過著幸福的生活。

就算沒有，也要打起精神來向明天前進，因為這是哥哥對你唯一的期望。

希望哪天我們再度相見時，你能笑著跟我說，你過得很幸福。

關心你的哥哥

這封滿載著思念的信，在地底沉睡了將近二十年後，終於來到收件者的手上。縱使信紙已經泛黃，字裡行間的情感卻完整地保留了下來。

「唉……果然是個笨蛋。」烏德克的身子微微顫抖，他的眼眶泛紅，卻露出淡淡的笑容。「這傢伙表達關心的方法真是太差勁了……沒想過我可能一輩子都不會看到嗎？」

「沒關係，現在看到了。」奈西語帶笑意，貼到了烏德克身旁，安心地閉上雙眼。

烏德克點點頭，小心翼翼地將信折起來收到懷中。

他曾經以爲幸福快樂的日子永遠不可能來臨，但不知何時，幸福其實已經悄悄降臨，在他耳邊溫柔地歌唱。

只要這得來不易的平凡生活能夠持續，他就能夠一直幸福下去。

他是被不幸所擁抱的勇者。

卻也是被魔族們以及家人深愛著的，最幸運的勇者。

後記　黑袍勇者的意外煩惱

大家好，現在是草草泥的後記時間，這次我又有憋在心裡很久、不吐不快的事想跟大家說。

在這一集奈西換成黑袍了，其實我一直感到很在意。

大家都知道，女巫之所以只養黑貓是有原因的，因爲一旦養了白貓，黏在她黑袍上的白色貓毛就會特別顯眼。

而諾爾雖然是一身厚毛的大黑羊，但他的胸口有一圈蓬鬆的白毛，而且奈西特別喜歡撲到諾爾胸前，把自己塞進諾爾的蓬鬆白毛裡。

所以，當奈西離開諾爾的白毛時，我不敢想像他的黑袍究竟會沾上多少羊毛。

這個問題令我特別介意，大家能想像奈西在出席正式場合前先跟大山羊諾爾抱抱後，然後穿著黏滿毛的黑袍登場的畫面嗎？怎麼想都不太妥當啊。

另外也還有其他類似的狀況，例如白烏鴉克羅安生氣炸毛，不小心掉了一堆羽毛在奈西肩上，或者奈西抱了一下托比，結果袖子沾滿白色兔毛之類，怎麼想都覺得很不妙。我眞心認爲奈西該隨身攜帶黏毛用的滾輪，或者在蹭諾爾胸前的白毛前，至少先把袍子脫了再說，黑袍眞是太不方便了。

試想，當未來奈西以魔王召喚師的身分出席正式場合時，現場賓客會先是一臉震驚地看著他，然後議論紛紛。

「原來他就是傳說中的魔王召喚師……」

「這位最後的勇者給人一種溫和親切的感覺呢。」

「不不不，那溫和親切的模樣肯定是假象，別忘了席爾尼斯一族專門召喚可怕的幻獸！」

「勇者大人的身上好像有一些白毛？」

「是種類不一的白毛呢，有羽毛，還有長短各異的動物毛……這位年輕的勇者應該常常跟白色的、毛茸茸的生物親密接觸吧……」

「看來魔王召喚師是個喜愛動物的人呢。」

結果奈西回過頭，發覺眾人都用關愛的眼神看著他。

一亮相就被人看穿了啊奈西，這樣真的沒問題嗎？

明明是個黑袍召喚師，卻養了這麼多身上有白毛的幻獸，這真的純屬意外，我也是寫完第五集才察覺這個問題，只能請奈西多留意了，至少跟諾爾抱抱之前記得先把袍子脫掉！在那個沒有滾輪與膠帶的世界，要清理黏在衣服上的動物毛實在太困難了。

而看到這一集，想必大家都發現一件事了，這本書的青梅竹馬好像特別多，這絕對也是意外。我只是喜歡青梅竹馬這個要素，所以一路寫下來稍——微多了點這類組合，還請各位多多包涵，雖然本集登場的青梅竹馬最後雙雙犧牲，不過至少修成正果了。

勇者與魔王一直是我感興趣的主題，爲了能夠更加深刻地描寫這個題材，故事中出現了三位勇者。

第一位是烏利爾，他是所謂的領導型勇者，總是走在前方率領夥伴們，以自身人格魅力來凝聚隊伍的向心力，永遠是最出風頭的那個。若他帶領夥伴們打敗魔王，每當人們談起這段事蹟時，必定第一個想到他。

第二位勇者是奈西，他是輔助型勇者，也許自身實力不是很足夠，也缺乏領導團隊的魄力，但溫柔細心的他懂得關心和輔助自己的夥伴，激發他們的潛能，讓他們綻放出屬於自己的光芒。若他帶領夥伴們打敗魔王，每當人們談到這段事蹟時，大家會先眉飛色舞地討論隊伍中那些各具特色的成員，最後才提到他。奈西不是最顯眼的，卻是隊伍的靈魂，只要有他在，他的夥伴就能發揮超乎預期的能力。

最後一位則是烏德克，他是成長型勇者，本身並不具備勇者的特質，成爲勇者也是個意外，因此他總是自我懷疑，不明白爲何勇者這個神聖的責任會落到自己身上，也不想當什麼勇者。

命運的捉弄讓他吃了許多苦頭，也時常犯下錯誤。縱使每一次的挫折都讓他痛苦不堪，甚至令他一度想逃避，但最終他還是會堅強地站起來，努力彌補自己所犯的過錯，並在下次做出正確的選擇。歷經種種磨難，他會逐漸成爲一個值得尊敬的偉大勇者。

另外，這集登場的魔王雷德狄跟烏德克一樣是成長型角色，他本身毫無魔王的氣場，卻是命中注定成爲魔王的人。比起隔壁的龍王，這位魔王仍有許多不足之處，也請大家多多體諒。

不知道讀完這一集，大家有沒有特別喜歡哪個角色呢？有任何感想都歡迎來我的粉專或POPO專頁跟我討論。如果有人透過文字感受到了角色們的情感，對我來說就是最好的結果。

謝謝大家看到這裡，我們下一集再見吧。

草草泥

國家圖書館出版品預行編目資料

召喚師的馴獸日常. 5, 龍生龍鳳生鳳,後宮王的兒子開後宮 / 草草泥著. -- 初版. -- 臺北市；城邦原創出版：家庭傳媒城邦分公司發行, 2017.04
面；公分

ISBN 978-986-94123-9-1（平裝）

857.7 106005279

召喚師的馴獸日常 05
龍生龍鳳生鳳，後宮王的兒子開後宮

作　　者／草草泥
企畫選書／楊馥蔓
責任編輯／陳思涵

行銷業務／林政杰
總　編　輯／楊馥蔓
總　經　理／伍文翠
發　行　人／何飛鵬
法律顧問／元禾法律事務所　王子文律師
出　　版／城邦原創股份有限公司
台北市中山區民生東路二段 141 號 6 樓
電話：(02) 2509-5506　傳眞：(02) 2500-1933
E-mail：service@popo.tw
發　　行／英屬蓋曼群島商家庭傳媒股份有限公司城邦分公司
聯絡地址：台北市中山區民生東路二段 141 號 11 樓
書虫客服服務專線：(02) 25007718．(02) 25007719
24小時傳眞服務：(02) 25001990．(02) 25001991
服務時間：週一至週五09:30-12:00．13:30-17:00
郵撥帳號：19863813　戶名：書虫股份有限公司
讀者服務信箱 email：service@readingclub.com.tw
城邦讀書花園網址：www.cite.com.tw
香港發行所／城邦（香港）出版集團有限公司
地址：香港灣仔駱克道 193 號東超商業中心 1 樓
email：hkcite@biznetvigator.com
電話：(852)25086231　傳眞：(852) 25789337
馬新發行所／城邦（馬新）出版集團 Cité(M)Sdn. Bhd.
41, Jalan Radin Anum, Bandar Baru Sri Petaling,
57000 Kuala Lumpur, Malaysia.
電話：(603) 90578822　傳眞：(603) 90576622
email:cite@cite.com.my

封面插畫／喵四郎
封面設計／蔡佩紋
印　　刷／漾格科技股份有限公司
電腦排版／陳瑜安
經　銷　商／聯合發行股份有限公司
電話：(02)2917-8022　傳眞：(02)2911-0053

■ 2017 年 4 月初版　Printed in Taiwan
■ 2022 年 10 月初版 6.8 刷

定價 / 240元

著作權所有・翻印必究
ISBN　978-986-94123-9-1
POPO城邦原創 www.popo.tw　城邦讀書花園 www.cite.com.tw

本書如有缺頁、倒裝，請來信至service@popo.tw，會有專人協助換書事宜，謝謝！